亦能低詠

◉金慶雲／著

聯合文叢 854

目次

故人背影

惜取少年時

附錄

序

詩人寫散文，稱之為「左手的繆思」。歌者如我寫散文，則是放歌之餘「亦能低詠」。「余亦能高詠」的是李白，他感嘆的是「斯人不可聞」，知音難遇。這本書談的是音樂，我用這些文字在為音樂尋找知音。不自覺地，這些文字溢出了音樂以外，也在等待自己的知音。而音樂從來不只是音樂。

和唱歌相比，寫作一直是被我歧視的副業。而其實，演唱也只是我五十年教師生涯中的業餘活動。所以，寫作連副業都不是，只是為音樂服務的宣傳工具。「看過來啊，不，來聽啊，這音樂」。為偉大的作曲家，歌唱家宣傳。

偶爾，很不好意思地，也為我自己的演唱宣傳。本來以為，再也不會有自己的演出了。沒想到竟然還有。去年，九十二歲在國家演奏廳舉行獨唱會。事前我自嘲，擔心上不了台，更擔心下不了台。集中兩篇〈尚能歌否〉是自問，〈人歌俱老〉是自知。抱著樂觀的期望，我很高興完成了這件事。

二〇一二年，在《謬斯客》（*MUZIK*）音樂雜誌孫家璁先生的敦促下，我開始寫『亦能低詠』專欄。這是生平唯一一次。那時候我八十一歲。距二〇〇二年《馬勒的歌》獨唱會也已經十年。覺得自己不可能再站上舞台了。

當時想，既然不再演唱，就多寫作吧。從《音樂雜音》到《坐看停雲》兩本書相隔十一年，太懶惰了。同意寫專欄，是決心給自己壓力。每月一篇三千字，兩年就是一本書了——誰知道還能寫多久呢。

我很認真地每個月按時交卷。然後準備下一篇。高興地看到自己的文章按時出現在雜誌上。然而，我發現這樣循規蹈矩的寫作，令人焦慮。我循規蹈矩地教了半世紀的書。按時上課，不以為苦。但要我按時交一篇作文，卻是苦事。演唱與寫作，一直都是我「正業」以外的純粹的興趣。隨自己高興去做，從來不是義務。而我對寫作的興趣，遠不如對演唱那麼大。

我所寫的，都是對真實世界裡音樂活動與事件的即時反應。我的焦慮是，不知道下一個月會有什麼事情要發生。畢竟我不是新聞工作者。我評論的，不是每天都在發生的政治或社會新聞。不見得每個月都有值得大書的音樂事件。我八十一歲了，生活圈子和步履能及的範圍一樣，日益縮小。

於是半年後就向孫先生告罪停筆了。主要的原因還是，我不知道誰在讀這些文字，好像在舞台上對著空無一人的觀眾席獨白。寶貴的時間，不如唱歌去。不管有沒有人聽，自己都高興。

後來，紙版的《謬斯客》也停刊了。時代變化得太快。我自己，都多久沒有碰過一本書了。那是因為低下的視力，只能在電子平板上放大了讀書。所以也不能抱怨，只有感謝科技的進步。那麼，這些文字在這本書裡，十幾年後再一次呈現，能找到讀者嗎？究竟這些只是偶發的新聞事件，有沒有重讀的價值？

除了六篇夭折的專欄，這本書裡另一類是悼念文字。三十年前的《弦外之弦》書裡有兩篇，蕭滋老師，早逝的同學劉德義。到二〇〇〇年悼念許常惠，劉塞雲時，才深切感覺到物傷其類的悲涼。而今又過了二十多年。在自傳《曲水流雲》裡，我歷數了親人兄姐師長一個個的凋零，認識到這是在我這個年齡必然要遭遇的，建立在我的僥倖之上的不幸。記錄在這本書裡的逝者，唐鎮、吳漪曼年齡與我相近。其他的，如陳茂萱，席慕德，甚至更年輕的許博允，都比我小得多。都是幾十年的同道中人。每一位的離去，都讓我惆悵難過好久。我有義務，記下一些在我記憶深處，其他人可能不知道的，他們與我人生軌跡交會的地方。許博允的紀念文字，是在我自己從手術室出來後第二天寫的。

而我仰望的明星，給過我震撼與啟迪的，如費雪迪斯考（Dietrich Fischer-Dleskau），如古魯貝洛娃（Edita Gruberová），也隕落了。他們根本不知道我的存在——費雪迪斯考應該不會記得，那個攔下他汽車，求取一個簽名的東方女子——但在我生命中，他們佔據了多少分量。我何曾想到竟要來悼念古魯貝洛娃。她比我小十六歲。我眼見這一顆新星冉冉升起。一九八〇年，我在《音樂與音響》月刊上發表了〈高處不勝寒〉，可能是中文裡第一篇對她的第一手詳細報導。二〇一二年在『亦能低詠』專欄裡我記錄了她六十五歲的聲音〈不許人間見白頭〉；二〇二一年，在她去世的次日，我寫下〈在人生的最高點〉。在四十多年的時間跨度裡的三個時段，我記錄了一個王國的興起，與傾頹。我費力的用文字鐫刻那美麗的聲音，那真不是「雕琢」，是笨拙無奈地，對神蹟力求忠實而極不準確的記載。

另一位在書中佔了兩篇的是安娜涅翠柯（Anna Netrebko）。第二篇寫的卻不是音樂，而是一場沒有舉行的音樂會。我的音樂文字中極少涉及政治。此刻我想起一九九〇年寫的另外一位俄國人，大提琴家羅斯托波維契（Mstislav Leopoldovich Rostropovich）。他因為抗議當局而被褫奪公民權十二年。安娜涅翠柯則因為沒有和當局劃清界線被台灣當局取消演出。或許我（或我們）再也沒有機會聽到看到她在台灣演出。我又想起羅斯托波維契那一篇是許博允交代的任務，為新象的節目宣傳。甚至違背了我不寫聲樂以外評介的自我約束。如果不是許博允……

如果不是國家交響樂團NSO邀稿，我不會去寫普契尼的《三聯劇》，不會去比較華格納與威爾第，不會又一次審視《奧泰羅》。我不是音樂學者。我所憑依的，是大量欣賞第一流演出的經驗（主要在維也納），還有自己的感覺。二〇一九年後我沒有再去過維也納，先是因為疫情，再是因為我的年齡。還有沒有這樣的機會？

有兩篇從前結集時遺漏的文字。對馬勒聲樂作品的梳理，是二〇〇二年《馬勒的歌》獨唱會前作的功課。〈聽！中國歌〉更早在一九七六年，為我第一場全中國歌獨唱會而作。這是我第一篇發表在報紙上的文字，還一稿兩投，鬧了雙胞。收錄在這本書裡，給自己作個紀念。於是這一本書裡，集合了跨越四十多年的三場獨唱會前的自白。把記憶藏在白紙黑字之間，在我落伍的頭腦中，似乎比虛無飄渺的電子信息還更可靠一些。即使後來絕版了——這是樂觀的期望，和我從前的書一樣，畢竟還會實實在在地留在這人間——這也是樂觀的期望。

又附上了一篇最近為國立臺灣師範大學建校一百週年寫的，對七十多年前的大學生活的追憶。其中提到許多人，對我曾經造成過多大影響，還對不知多少其他人造成多大影響，都被約化為幾句話，甚至只是一個名字。在這個信息爆炸的時代，一不留神就淹滅了。

不知不覺間，這一本只打算談音樂的書，觸及了許多人的生命。而音樂，與這些文字本身，也有自己的生命。我把這些音樂與音樂家，當年的我，還有現在記述的我，放進這本書裡。以俟後世？這更是太樂觀的期望。但，除了傻傻地樂觀，哪有什麼更好的辦法？

二〇二四年九月

我歌故我在

歌唱即存在
——里爾克《給奧菲的商籟》第三首

Gesang ist Dasein.
Die Sonette an Orpheus III
Rainer Maria Rilke

二〇二三年十一月二十三日，九十二歲，在台北國家演奏廳 舉行中國獨唱會《人歌忽如昨》。演出前作〈尚能歌否〉，〈人歌俱老〉。

另拾遺舊作兩篇：

二〇〇二年十月七日，七十一歲，在台北國家戲劇院舉行《馬勒的歌》獨唱會。這是我原來以為的最後一場正式獨唱會。〈馬勒的歌〉一文是演唱前的準備功課。二〇一一年《坐看停雲》結集時遺漏收錄。

一九七六年五月一日，四十五歲，在台北實踐堂舉行第一場（據說也是全台第一場）全中國藝術歌獨唱會。寫〈聽！中國歌〉。也是第一篇在報刊發表的文字。從前出版的幾本書裡卻都忘記收錄。

尚能歌否

九十二歲的獨唱會

我真的在「拔河」，對手是宇宙最強的滔滔長河：時間。我也終將敗北，一潰千里，像每個人一樣。但拔河，就是看你能撐多久。

二〇二三年十一月

「我又要舉行獨唱會了。聽到消息的不免要訝異慰勉一番。」這是我二十一年前寫的告白〈我七十歲，我唱歌〉，其實那時我七十一歲。我又寫：「倒是沒有人好意思問我為什麼還要唱，或乾脆勸我別唱了。」

今年，二〇二三，十一月二十三日，我又要舉行獨唱會了。九十二歲。這次，真有人善意勸我別唱了。當年我「似乎不得不為這件事的正當性做一些辯護」，寫了兩千多字的理由。這次，沒什麼理由好說了。就說，我喜歡。我任性。為免過高的期待，在節日介紹中寫明了年齡，像藥品說明書上的「過敏慎用」。一個學生憂心忡忡地建議我後台請好護士，門前備好救護車。還好，我的各科醫生，從心臟到嗓音專家，都是愛樂者，他們會在台下。

二〇〇二年之後我沒有再舉行過獨唱會，是認輸了。沒有人能阻擋歲月。每一次獨唱會，都是我給自己的考試。希望分數再高一些。但終究是有極限的。我以為，那就是最終的成績了。

在那之後，二〇〇七年，七十六歲，在曹永坤先生的紀念音樂會上唱了幾首歌。二〇一八年，八十七歲，在趙慕鶴老師的紀念會上唱了三首。正是趙老師，當我們一起慶祝他一百歲，我八十歲的生日時，問我：「怎麼不唱了？」我說：「都八十歲了，還怎麼唱？」他說：「為什麼不能？」這本來不該成為問題，無需回答的問題，被趙老師問起，我真答不上來。是的，他九十歲與孫子一起考大學，九十八歲獲得碩士學位。

去年十一月，九十一歲，我和學生蔡漢俞參加了聲樂家協會成立三十週年紀念音樂會「大手牽小手」師生同台，二重唱了三首中國歌。之前我還猶豫，但在我九十歲回憶錄《曲水流雲》的發表會上，聲協理事長裘尚芬當眾宣佈，公開點名，我只好答應。三首歌不算大事。不幸的是，其間染上新冠。又壓迫性脊椎骨折。做了非常痛苦的骨水泥手術，帶了三個月的鐵腰帶。上臺的時候步履蹣跚。真唱得不好。但聽眾們似乎很震驚。好幾個學生說聽哭了。我說：「該哭。我還在唱，你們怎麼不唱？」錄音的羅老師說，他在三樓聽得很清楚，如在耳邊。這給了我一點信心。這是兩千多座位的國家音樂廳呢。

於是想，身體狀況再好一點，應該還可以唱吧——誰想到這次演出前兩個月又不得不接受膽囊切除手術。二〇〇二年《馬勒的歌》獨唱會之後停了下來。沒有特別理由，也沒有宣誓退出。再唱，也沒有「誠信問題」。既不妨礙別人，自娛有何不可？

如果問，這種事，有意義嗎？有價值嗎？我不知道。除非聖人，有誰做的都是有意義的事？說是「不為無益之事，何以遣有涯之生。」但我不信。我沒有多少日子可排遣。每一天都很寶貴。唱歌，可能是我還可以做的，未必全然無益的事情。

人各有所好。除了基本的生活，我一生很大一部分的時間，精力，金錢，都用在這些虛無的藝術上。欣賞，學習，體驗。盤點我的財富，可誇耀的，不是發光的鑽戒，帳戶的數字。在我冗長的記憶中，被我反覆嘮叨，津津樂道的，都是一些經歷。生活的經驗，以及生活之外，藝術裡的經驗。無論如何昂貴的實物，真實的價值也都只是在我們記憶中佔據的分量。例如辛苦跋涉走過的風景，沒有一寸地屬於我，卻構成我記憶裡的高光時刻。

再問，這麼老了，在家自娛便罷，何必上臺？的確，老音樂家的演出不多，歌唱家更少。最偉大的卡拉絲（Maria Callas），舞臺生命勉強算到四十二歲。五十四歲就過世了。一九九四年路德維希（Christa Ludwig）巡迴告別演唱經過台北，六十六歲。二〇一六年在維也納聽花腔女高音古魯貝洛娃（Edita Gruberová），六十九歲；在米蘭史卡拉歌劇院聽多明哥（Plácido Domingo），七十五歲，改唱男中音。這兩位都是奇蹟了。最讓人佩服的是奧莉薇蘿（Magda Olivero），九十六歲的演唱，仍然維持著最高水準。

鋼琴家的藝術生命長一些。肯普夫（Wilhelm Kempff）的故事我說過好多遍了。一九七三年我第一次到維也納。七十八歲的鋼琴家以七個晚上，演出貝多芬全部三十二首鋼琴奏鳴曲。那種震撼感動了我五十年。

幾年前聽波里尼（Maurizio Pollini）。有人說，這麼大年紀，真不該再出來了。落掉了那麼多音符。畢竟他是以技巧完美到近乎冷酷被人崇拜（還有詬病）的。

難道波里尼自己不曉得嗎？當年的完美，不是他孜孜磨練出來的嗎？那種非人的精準，不是他一點一滴建立起來的嗎？就像百米短跑選手，每百分之一秒的進步都經過千百次鍛鍊，誰比他們更自覺，更在乎那細微的變化？以波里尼唱片為典範的聽眾，失望於他現場的表現，難道他自己不曉得嗎？那他為什麼要出來呢？不缺錢，不缺榮耀，歷史地位無可動搖——也不會被所謂的晚年退步表現動搖。難道他只是捨不下掌聲？是的，即使不完美，絕大多數的聽眾仍然起立，噙著淚，不停地，不捨地一直鼓掌。

聽眾們感動的是什麼？是因為回想起當年被他感動的記憶？是因為感動於他的精神

勇氣?還是,聽到了一些和從前不一樣的,沒有的東西?

我想,波里尼只因為一件事走上舞臺:他又在那些陪伴了他一輩子的蕭邦或貝多芬的曲子裡發現了一些什麼。那些因為他不再是從前的波里尼而失望的聽眾活該失望,他根本沒想重複從前的自己。技巧上有多少瑕疵不重要。聽眾應該聽的,是他想要傳達的,新的東西。

卡拉揚(Herbert von Karajan)晚年背痛。指揮時都穿著鐵馬夾。動作收縮到極簡。有人開玩笑說柏林愛樂被他帶領了幾十年,他不指揮也沒兩樣。其實,他晚年的音樂真的不一樣。

我和這些偉大的藝術家們相差何止三十里。沒有資格相提並論。這麼老了上臺,沒有什麼冠冕堂皇的理由。我不敢再說給聽眾帶來什麼東西。只能說,為了自娛。說是自娛,也是自虐。整天浸泡在那些歌裡。一首首反覆鍛鍊。像一個為了能塞進細腰禮服的待嫁新娘。實在唱不好,只能忍痛割捨。氣餒懊惱。然而偏偏要自找苦吃,這就是任性。

人老了,反而和年輕人一樣有任性的權利。年輕人的任性還要被長輩管著,怕闖禍,怕學壞。我輩老者,闖不了大禍。壞不到哪裡。迷戀唱歌總比被詐騙好。老人不奢望還做什麼貢獻,把自己照顧好吧。

我的小孫子愛玩「穿越」時尚，回到從前的遊戲。真有這種好事，我們老人家豈不該優先。我倒是對「返老還童」有新的理解。人生曲線由低而高，再由高而低。現在的我似乎又回到少年時的水準。連身高都如此——這些年我矮了好幾公分。一樣任性，一樣能力不足，眼高手低。同一首歌，那時我初識，摸索，練習，不得其法，且不自知。現在的我，唱過幾十年，一樣在摸索，更刻苦地練習。明知應該如何卻力不從心。當年，因為父母包容的誇讚而沾沾自喜。現在，需要聽眾包容的鼓勵，為克服了一點困難喜不自勝。

不同的是，我現在比當年努力多了。少年時順著時間之流，不很認真地撲騰幾下，也都有些進步。如今，我在逆流的沖刷下，用盡全身的力氣，立定腳跟都萬分艱難，卻輕易就倒退幾步。我真的在「拔河」，對手是宇宙最強的滔滔長河：時間。當然它不會把渺小渺小渺小的我當對手。我也終將敗北，一潰千里，像每個人一樣。但拔河，就是看你能撐多久。敢向時間挑戰，就很光榮。李白「與爾同銷萬古愁」的辦法是「呼兒將出換美酒」。我唱歌，忘記有愁。只愁唱得不好。

傻的是，我用以挑戰時間的武器，是音樂，所謂時間的藝術。我的樂器，是那飽受時間摧殘的肉身。我創造的，是即生即滅，無形無色，不佔據空間，只存在於時間的聲波。我站立的舞臺，沒有麥克風，沒有擴音器。沒有矯飾。赤手空拳，與聽眾素面相對，直接傳遞，任何缺點都無處隱藏，尤其在小廳。無論做了多少準備，成敗就在那一刻。我的聲音在時間上劃下一道痕跡。不能猶豫，不能收回，不能塗改，不能磨滅。獨唱，九十分鐘。是最真實殘酷的考驗。像極了，人生。

每個人都是孤獨的。通過藝術的分享，才不那麼孤獨。

我清楚記得十七歲在上海聽管夫人喻宜萱的獨唱會。那是我第一次的音樂廳經驗，點燃了我成為一個歌者的夢想。我記得在維也納聽到的第一場歌劇，第一場交響樂，第一場藝術歌獨唱會，和以後無數次感動的瞬間。正因為舞臺表演藝術的不可複製，每一次都是第一次與最後一次，才如此珍貴。音樂廳裡虛幻的真實，或許是這世界被虛擬的人工智慧全面接管之前，最後的陣地。

至少我是虔敬的。在台下，我享受過絕美的經驗。在臺上，我分享過雖不完美，但真誠的演出。如今的我，還是一個合格的歌者嗎？還能不能夠，成為某個聽眾心中的記憶？即使不那麼悅耳，不管為什麼理由？

——原載《聯合報》副刊，二〇二三年十一月十七日一場實實在在的獨唱會。在幾百人的，正正式式的音樂廳裡。仰望星空的時候，頭才會抬得高高的。

二〇二三年十一月

人歌俱老

超過九十二歲。我，在國家演奏廳，舉行一場獨唱會。

以現在的水準，放在二十年前，絕對不敢獻醜。但到了這個年紀，我原諒了自己，聽眾也會原諒我。就像給長者讓座一樣。

或說，老人家沒事在家裡待著，別出來佔位子了。為什麼老了，就只能在家裡待著？我們還等待什麼？是的，我還有期待。如果沒有，就去創造期待。佔著這世界上的一個位子，就不要卷縮在角落裡。站起來，發出自己的聲音。我很知道什麼是好的藝術。這是我現在不可能呈現的。但或許我可以呈現，藝術給了我什麼。

我曾經很努力，可惜沒有讓自己滿意過。現在我仍然很努力。目標只是比昨天進步一點。這很困難，因為退步太容易了。所以要走上台去。用台上的標準，面對聽眾的壓力要求自己。一場實實在在的獨唱會。在幾百人的，正正式式的音樂廳裡。仰望星空的時候，頭才會抬得高高的。

孫過庭《書譜》裡說：「通會之際，人書俱老」。「老」竟然是書法的最高境界。真讓人羨慕。難道眼花了，手抖了，不影響嗎？我猜，老的意思是，多年習得的書「法」，已經融入肌肉記憶，不去想他了。心中的概念，直接化為書寫的動作。「意在筆先」，這大概是「老熟」的境界。真更老了，恐怕還不只此。因退化而控制不了肢體，就像孩子一樣，因而有了拙趣，童趣。「趣在法外」。老到做不到了，反而成為打破因襲的機會，產生新的可能。

對歌者而言，老了真不是好事。書法的工具是毛筆。身體是歌者的唯一工具，無可替代。據說，肌肉是唯一可以通過鍛鍊，逆轉退化的器官。我身上退化最少的肌肉，可能就是聲帶了。喉科專家說，我的聲帶閉合得還很好，可以唱到一百歲。真不可思議。這是我用得最多的地方。我以為會磨損得更早。

然而發聲器官不只是聲帶。我要壓低喉頭，提高上顎，不讓聲音卡到喉嚨。打開從胸到頭的共鳴通道。我需要橫隔，胸腔，從腳跟到背部支撐推力。我要把聲音豎起來，送向遠方。這本來就是必須經常練習才做得到的，現在更是艱難。歲月的風刀霜劍，在這條聲音的通道上埋伏下重重惡意的關卡。我的氣短了，力量不夠了。一不留意，音準就會出問題。年輕的時候，技巧不行，就用聲音掩蓋過去。現在，我用盡一切技巧，彌補聲音的不足。以前輕而易舉的事情，現在都必須努力得之。例如，最簡單的，站立一小時。

歌者沒有書法家那樣恣肆的權利。不悅耳的聲音，很難稱得上是藝術。但藝術最終要分享的，不僅於美，還有內在的思想和感情。歌者身為詮釋者，在表現作品，甚至選擇曲目的同時，也表現了自己的藝術觀。

二〇〇二年《馬勒的歌》獨唱會之後停止公開演唱。不免有些遺憾，覺得欠了中國歌一個交代。這次，我和記憶深處伴隨一生的老歌，互相攙扶著走上台去。

每一場中國歌獨唱會我都以民歌開場。第一首常是〈槐花幾時開〉。我喜歡那開頭一句「高高山上喲一樹槐」，沒有伴奏，一個人的聲音，在虛無的空間中勾勒出風景。在民歌中語言的趣味更勝於旋律之美。「你給你那小青馬多餵二升的料。三天裡那路程二哥你兩天到」異想天開，多麼可愛。〈想親娘〉似乎有藝術歌的韻味。這一次，我還以民歌作為結束。〈小白菜〉，〈五哥放羊〉來自《梅振權民歌八首》。一九八〇年我在維也納音樂廳的中國歌獨唱會唱了全部八首。伴奏 Schollum 教授撰文盛讚梅振權，譽為中國的巴爾托克。

詩是一個民族共有的記憶。在中國，詩與歌從詩經開始就是不分家的。學到西洋音樂方法的作曲家們給古典詩歌重新譜曲。中國的新藝術歌，從青主一九二〇年作的〈大江東去〉算起，才一百年出頭——只比我老十幾歲。在我認識它們的時候，它們還年輕。它們依然很年輕，會繼續傳唱下去。而我已經這麼老了。

而那些細緻敏感的宋詞，是怎麼唱的呢？第一次讀到晏殊「無可奈何花落去，似曾相識燕歸來。小園香徑獨徘徊」，忽然間心中有什麼被觸動了。多麼美，多麼美啊。優雅，含蓄，無來由的憂愁，一點點悵惘。不知道為了什麼。那是我開竅成為一個少女的時候。今天我知道，是因為有了青春的自覺，又隱隱意識到青春的不可久留。然後我在秦觀的〈鵲橋仙〉（纖雲弄巧，飛星傳恨）裡憧憬愛情。趙孟頫夫人管道昇〈我儂詞〉的分量，越晚越知覺。這一對神仙眷侶不只實現了「生同衾，死同槨」的愛情夢想，更以藝術精神的契合成就了彼此。「管趙風流」，三代七畫家，統領元朝九十年。

《白雪遺音》是清華廣生輯錄的八百多首民間詞曲集。一半大概是流行於風月場所的「艷詞」。為其中珠玉〈喜只喜的今宵夜〉譜曲的是一位遠嫁中國的德國女人，青主夫人華麗絲。《白雪遺音》一八〇四年編定，上距紅樓夢開始流行四十年。《紅樓夢》

二十八回寶玉與薛蟠等人聚會，提議行酒令唱了「新鮮時樣曲子」〈紅豆詞〉。曹雪芹在一個看似不相干的情節中，藉寶玉之口為黛玉代言，唱出憂悒病弱的相思之苦。高貴優雅，與市井小曲迥然不同。

新藝術歌誕生在白話文運動初興的時代。以白話新詩入歌，最早最知名的當是〈教我如何不想她〉。劉復一九二〇年作詞，趙元任一九二六年譜曲。成為經典。劉復新創了「她」字，趙元任借用了西皮原板的過門旋律。「新音樂的導師」黃自的第一首獨唱曲〈思鄉〉作於一九三二年，這也是他與韋瀚章合作的開端。同一年，龍榆生在淞滬戰役之後群芳蕪穢的校園裡寫下一首白話詩〈玫瑰三願〉，也被黃自譜寫。這是我第一次公開演唱這首歌——在張曉風老師的敦促下。「我願那紅顏常好勿凋謝，好教我留住芳華」。在這個年紀，對我有了新的意味。

然後，戰爭驚破了歲月的甜美溫柔。響徹大地的抗戰歌聲，我在淪陷區偷偷學唱，為之激昂，為之落淚，現在已經少人關注。然而歷史總在重演。一九三八年，林聲翕譜寫的萬西涯詩〈野火〉，如今又在四處燃燒。再然後，和平依然沒有到來。十七歲的我倉皇逃離，再沒有見過父母。兩岸隔絕的四十多年裡，鄉愁是縈繞在很多人心中的旋律。為余光中〈鄉愁四韻〉譜曲的，是台灣民族音樂學者張炫文。一九九五年我的中國歌獨唱會巡迴到高雄，余光中伉儷在台下。他們第一次聽到這首歌。台中那場張炫文老師送了四個大花籃來，我們彼此相賀。

一九七七年，我在獨唱會上只唱當代作品，引來了難以接受的批評。那時過於前衛的作品如今也已經半個世紀。還有更多年輕的歌，就交給年輕人去唱吧。我，適宜回憶老歌。

我們用時間換得的，無非記憶。生命很寶貴。我的一些作為，能否成為別人的記憶？

——原載《中國時報》人間副刊，二〇二三年十一月二十八日。後選入《九歌一一二年散文選》

後記

〈人歌俱老〉寫於演唱會前。投到《人間副刊》來不及刊出。主編說音樂會後發表。我心想：如果唱得很糟，就把稿撤回吧。

在臺上，我放下一切憂慮，進入歌裡，盡情地唱。我看到兒時家中奔馳的駿馬。化身風景中想念情人的民間女子。湧上對父母強烈的思念。想起從前的夢想與憧憬。還有，對緊追在身後的戰爭的恐懼。

歌，從記憶深處流來，遠比我能唱出的更美。

我擦亮一根小火柴。微弱的光在風裡抖抖索索，沒有熄滅，然後盡情地燃燒了。在我生命的斗室中發生過的一個小小的奇蹟。有那麼一刻，它比所有的星星都要明亮。

又後記

音樂會後兩天，加了幾句「後記」寄給《人間副刊》。不料又太晚了，版已排好，「後記」沒有刊出。

《人歌忽如昨》中國歌獨唱會。2023 年 11 月 23 日台北國家演奏廳。時年 92 歲。鋼琴蔡世豪。

《馬勒的歌》獨唱會。2002 年 10 月 7 日台北國家戲劇院。
時年 71 歲。鋼琴慕貝爾（Albert Mühlböck）。

愛與憂傷，世界與夢

馬勒的歌

二〇〇二年

每一個人都是孤獨的。因而彼此相連。在死亡惶惶的威脅下，以憂傷的眼，深深凝視這世界。

一百年前，馬勒站在世紀的交界，正如我們現在。那時候，即使他是炙手可熱的維也納歌劇院指揮兼總監，在創作上還只是半業餘的「暑假作曲家」。那時候還沒有人知道新世紀裡會發生甚麼。音樂會往哪裡走。馬勒也如貝多芬、布魯克納沒有突破九部交響曲的大限，但《大地之歌》（*Das Lied von der Erde*）或是他的瞞天過海之計。的確，馬勒時時感覺到死亡的陰影，人世的無常。

一百年後，馬勒被公認為重要的，偉大的作曲家。而且是屬於（我們的）二十世紀的。他是維也納的最後一位交響樂大師。但除了交響樂，馬勒的音樂作品幾乎只剩下藝術歌。他的音樂，就這樣從最小的形式一下跳到最大。而且兩者的創作平行交融。馬勒的交響樂充塞著歌曲。即使不用人聲，交響樂裡也一再出現歌的旋律主題。《大地之歌》就在歌與交響樂兩者之間難於定位。另一方面，他的歌多半都有管弦樂的版本，突破了舒伯特以降以鋼琴伴奏為主的傳統。指揮家 Willem Mengelberg 說過：「馬勒交響樂的核心是民歌」。

馬勒的歌不多，只四十六首（不計《大地之歌》）。採用的歌詞更容易歸類，除了早期零星幾首，不外四個來源：自創歌詞、《少年魔號》（*Des Knaben Wunderhorn*）民歌集、呂克特（Friedrich Rückert）的詩、《大地之歌》裡貝特格（Hans Bethge）改寫的中國詩。其他德語重要詩人的作品一概不取。歌詞的選擇反映著馬勒風格思想心境的變化。創作時間也大致按照這個順序：一八八〇至八四年早期作品，《流浪者之歌》；一八八七至一九〇一年《少年魔號》；一九〇一至〇四年呂克特詩，《亡兒之歌》（*Kindertotenlieder*）；一九〇八年《大地之歌》。

早期的歌有摸索模仿的痕跡。自撰的歌詞透露著愛情的挫折，對世界的好奇，對人生的困惑。《少年魔號》承接民歌傳統，卻進而顛覆了浪漫主義的美學觀點。帶著抽離個人經驗的客觀性。呂克特是馬勒唯一的「原創」詩人。他的詩不只形式精妙，也提供了中年馬勒思索生命的內容，《亡兒之歌》是向死神的質問。而《大地之歌》，是馬勒遭逢遽變，自知不久於人世的回顧。在遙遠的東方，李白、王維的詩裡找到知己。這四個時期的題材，與馬勒自己的生命歷程彼此呼應。

馬勒是獨特的。獨特的取材，獨特的音樂語彙，獨特的美感。馬勒的歌無疑比其他浪漫作品更貼近二十世紀。那是奇妙的矛盾的混合。一方面把唯美、感傷、抒情發揮到極至，一方面又夾雜著俚俗怪誕，詭異不安的感覺。他站在一個新潮流的起點，有些騷亂，有些矛盾。都不能算是革命。

正就是這紛雜的人世風景，令人懷疑，沮喪，厭倦，疲憊。又總有小小的喜樂，永恆的憧憬，令人拳拳眷戀。就像馬勒用三個p標示的人聲，從管弦的陣仗中穿透出來。有時是無限綿長溫柔，驟然又有音程的突兀大跳。然而無論樂團如何五彩繽紛，總是清晰的傾訴著純粹真誠的本心。馬勒歌裡的矛盾正如馬勒的矛盾。工作狂，成功者，隱士，夢想家。懷疑與信仰。悲觀與奮鬥。似堅定而敏感，似脆弱而柔韌。

而一切矛盾之上，馬勒自始至終探尋著同一個終極問題：生而何為，死而何往。問題沒有答案，只有過程。每一片落下的葉子都是探索與沈思。連他的交響曲都是歌的延續，是他與世界的對話。每一個人都是孤獨的。因而彼此相連。在死亡惶惶的威脅下，以憂傷的眼，深深凝視這世界。深深呼吸著大地的芬芳，感受那無盡的，永恆的美，直到最後一刻……

然後孤獨地離去。

《流浪者之歌》

《流浪者之歌》（*Lieder eines fahrenden Gesellen*）與馬勒第一次認真的戀愛有關。這歌集的主角，一個「走工」的學徒，很可以作為那時馬勒生活的自況，但也讓人聯想到舒伯特的《美麗的磨坊女》。這其中「模擬」、「創造」或「自敘」的成分孰重，難於論斷。

這是馬勒青春期的一個總結，自我風格的開始。呈現在音樂中的，是一種奇妙的混雜，矛盾，對比。

第一首，標準的「行走」步伐節奏，被三連音、切分音攪亂，更像是婚禮的舞曲。人聲「輕聲而悲傷」的進來，與舞曲形成對比。馬勒還不厭其煩的每三四小節寫一個「快一點」、「慢一點」的速度提示。第二段場景不變。6／8拍子。上揚的，欣欣向榮的景象，「溫柔的擺動」，所有的樂器一起哼唱著田園之歌。第三段裡現實又回來。快慢交替，悲喜參雜。A-B-A，三段曲式是典型的作法。

對比也在各首歌之間。第二首〈今晨我走過田野〉，世界繼續炫耀她的魅力。失意者走出暗室，發現陽光下的花兒鳥兒一切都活得興高采烈，而且熱情的拉著他加入讚頌的行列。全曲三段都大調之中，近乎童話世界的快樂。只有到最後是一個沒有真正結束的尾聲，猶疑的自問自答。這裡用的就是全曲開始第一句的旋律，但最後一個音變成了半音下降。他又墮入了痛苦之中。

第三首〈有一把灼熱的刀插在胸膛〉是痛苦的全面反撲。半音下降的馬勒式吶喊「O weh!」（痛啊！）出現十一次。「狂暴的」9／8拍子。連串的三連音，尖厲的和弦。第一段末第三次的「痛啊！」在九小節之後才微弱的出現。第二段裡，一次次上揚的，對幻影的追求，都落入痛苦的現實。最後在一小節內，放大到最強音。再絕望的收束於最弱。

激情過後，第四首，人聲沒有前奏就出現。馬勒指示「以神祕的沈重表情，不帶感傷」。這是最舒伯特風的，甘柔的浪漫主義歌曲。平靜的，沒有太多怨懟。這是流浪的旅途。帶著憂傷走向世界。然而結局卻出乎意料。《冬旅》中呼喚著旅人歇息的菩提樹，在音樂史上已經成為自然療傷劑的象徵。馬勒決定在樹下停駐。於是，如一個奇蹟：「一切又完好如初！愛與傷痛，世界與夢」降到最低音，後奏裡兩次傳來開始時的旋律，如一個回聲。

這或許是這部歌集最值得注意的地方：不僅是感情撕裂當下的感受，而是包括了回顧與反省。「愛與傷痛，世界與夢」是馬勒音樂不變的主題。是他人格，靈魂，藝術的自白。前二者是浪漫主義的核心，但似乎馬勒特別把這小我的感受，放在與「世界」對應的高度與廣度觀看。

從這裡，一個學徒，經歷愛與痛苦的旅途，逐漸走向成熟大師。

《少年魔號》

《少年魔號》三冊，從一八〇六到一八〇八年陸續出版於海德堡，是兩位詩人 Achim von Arnim 和 Clemens Brentano 蒐集改編的德國民歌（詞）集。十多年間，馬勒作品的所有的歌詞幾乎都出於此。有二十四首，佔全部歌曲一半。

馬勒譜出了德文藝術歌裡最迷人特異的一組作品。從童謠、情歌、諷刺，到飢饉、戰爭、死亡。從民歌旋律，舞曲節奏，簡單伴奏到色彩濃烈，管弦厚重，關懷深切。《少年魔號》的創作過程就是馬勒的成熟過程。

馬勒選擇的歌詞常粗糙怪誕，邏輯鬆散。卻真實的反映了低層社會的生活思想。在幽默有趣之外，呈現了上層社會不能想像不願面對的可悲情境。用《少年魔號》的歌詞，讓馬勒在音樂上有充分的自由。

對《少年魔號》情有獨鍾，是馬勒慧眼獨具。《少年魔號》所代表的，不只是與「廟堂藝術」相對的「鄉土藝術」；也是與「優美」相對的「怪誕之美」。

對愛情，這個時期的馬勒似乎冷眼旁觀，不輕易流露真情。〈我高興地穿過綠色的森林〉是一首典型的民謠情歌。馬勒指示「如夢的，一直很溫柔」。牧歌式的分解三和弦旋律，輕揚的鳥鳴，是一首美麗的歌。最後一段歌詞是馬勒自己加上的。彷彿在耳邊催眠似的低問。也似乎透露著他對愛情的不確定感。

〈誰發明的這首小歌〉有長達十小節的花腔樂句。前面的歌詞是典型的民謠情歌。最後第二句脫軌的低音，造成滑稽的效果。

〈分離〉Ade, Ade 唱個不停，好像並不真的那麼痛苦。分別就分別吧，命運如此，又能如何？十六分音的奔馳節奏貫穿全曲，馬勒指示要鋼琴模仿鼓聲。

〈萊茵小傳奇〉是其中最快樂無憂的一首。傳統民歌的風味，令人一聽如故。旋律流來流去，綿延不斷，好像天下萬流歸宗，總會流到愛人那裡。簡直像轉個不停的舞曲。

〈鑑賞力之頌〉是德文藝術歌裡最著名的諷刺歌。整個音樂輕快流暢，好像在春天的樹林裡，悅人的聲響此起彼落，像童話故事。有很多音畫的效果，如布穀的咕咕，夜鶯的鳴囀。當然最突出的是驢叫「咿啞」，下降超過兩個八度。馬勒暗罵批評家，替音樂家出一口氣。所以歌唱家也都樂意學驢叫。

面對死亡，馬勒收起了嘻笑怒罵。

〈塵世生活〉從頭到尾鋼琴上的十六分音讓人想起舒伯特的〈魔王〉。馬勒的指示是「激動得不得了」，好像被死神追趕著。孩子的地方用「恐懼的表情」。孩子的旋律一路半音下降，在「我要死了」的地方簡直就是叫喊的高音。好像一個溺水的人不斷下沉，胡亂拍打著衝出水面喊一聲救命。伴奏部分劇烈的升降。在一個小節裡面衝到超過三個八度。而母親的力度是p，接連下降的音線好像是被生活折磨得精疲力竭。孩子的呼叫一次高於一次，母親的口吻卻始終不變。是無能為力，或是麻木，或是強作鎮定。

這裡面有一個旁敘者，負責每一段之間的連接。但最後，這旁敘者接替了孩子的高音，喊叫著宣告孩子的死亡。

〈塵世生活〉中，在生命底層的人們，要求的只是麵包麵包麵包，得到的回答只是等待等待等待。沒有浪漫，沒有幻想，沒有優美，只有直接的哭喊。

寫出這首歌的馬勒，不再只是一個浪漫主義者，而是一個人道主義者。用的是表現主義般強烈的手段。馬勒的妻子阿爾瑪（Alma）說：「他用音樂寫出了杜斯妥也夫斯基的想法：『我怎麼能夠幸福，如果在這世界上還有一個生命在受苦。』」

飢饉與戰爭與死亡相連。《少年魔號》中士兵的歌八首，佔三分之一。馬勒童年時住在軍營附近，軍號和軍鼓，行軍的節奏，是他的音樂啟蒙，也留下了一生不能磨滅的印象。他的歌和交響樂裡進行曲的節奏不時出現。

「如夢寐，輕聲」，〈美麗號角吹響的地方〉彷彿在另一個世界裡發生。綠色的草地是葬身之所。這一切對話都如夢幻。敲門聲或許只是錯覺。夜鶯啼叫是驚醒夢中人，或是提醒鬼魂必須離去。壓抑的，遙遠的號角聲，從一開始就在背景中，斷斷續續，召喚著兵士。還有沈重的進行曲節奏，淒涼神祕。整首歌都在竊竊私語的 pianissimo 中。士兵敘述的部分甚至是大調，有一種過度美化的，誘騙的感覺。但他欺騙的是他自己，他不知道，不甘心知道自己已經死了。所以女孩子哭泣。他要帶她去的地方是死亡之域啊。他的聲音那麼溫柔，他的愛是真的，溫柔也是真的。是戰爭與死亡讓愛與溫柔成為一場騙局，一個不可能實現的夢。

馬勒在《少年魔號》裡真正踏入成熟期，踏入四十歲，他生命中的最後十年。

《呂克特歌集》

馬勒曾經說過，「我現在只能譜呂克特，這些詩才是第一手的，其他的都是第二手。」如今被視為《呂克特歌集》的五首中，四首寫於一九〇一年夏天，第五首，〈如果你愛的是美〉寫於一九〇二年夏，是送給新婚妻子Alma的禮物。這是他寫第五交響曲到第六交響曲前兩樂章的時候。

呂克特（1788-1866）是一個奇人，東方語言學者。他的波斯詩歌翻譯，影響深遠。在自己的德文詩中，他也引進了其他語言的特點。在馬勒之前，呂克特的一些詩已經被寫成了著名的藝術歌。但還是馬勒讓他在歌中不朽。不只是歌，從第五交響樂起到第九，每一部都引用了呂克特歌的音樂，越來越明顯，尤其是第九交響曲。馬勒自己都震驚，「音樂的走向是如何被預先決定了」。

呂克特的詩極有特色。以語言學家對音韻的格外敏感，他的詩也特別富有音樂性。形式精妙，擅用重複與替換，有時幾近於文字遊戲。別的作曲家或許被他的形式吸引，而馬勒發掘了他深刻的內容，特別是其中神祕主義的傾向。

《呂克特詩五首》嚴格不能算是一個歌集，形式上差異很大。五首詩是與《少年魔號》的最後兩首一起發表於一九〇五年。〈別偷看我的歌〉歌詞內容像一首民謠風的小歌。旋律的起伏特異而有張力。〈我聞到溫柔的香氣〉歌詞可以代表呂克特的文字把戲：同一字以不同的意義和詞性反覆出現（Linden：溫和的，菩提樹）。馬勒則在精巧的形式掌握之外，一意捕捉飄逸的香氣，蘊介的情意。「菩提樹」讓人想起舒伯特，想起馬勒自己的《流浪者之歌》。而「非常溫柔內省」的指示，又幾乎是舒曼。整首歌都是兩個弱音記號pp。第一句的旋律用了五聲音階，聽來特別親切。平穩的八分音節奏，圓滑的線條，真是一首美麗的歌。

馬勒對妻子Alma說，〈如果你愛的是美〉是他的第一首情歌，是「最私密的獻禮」。可能因此一九〇七年在柏林馬勒唯一一次親自鋼琴伴奏的這個歌集首演時這首歌並不在內。歌詞似乎特別觸動了馬勒的疑慮不安。例如在「如果你愛的是青春」，突然轉為小調。透露出面對一個比他年輕一半的妻子時心理的壓力。

一九〇一年初，馬勒急病幾死。這面對死亡的經歷，是一個當頭棒喝。對生命無常的感悟，反映在〈夜半時分〉裡。這是馬勒最宗教性的一首歌。充滿了不安，猶疑。最後的勝利近於悲壯。從開始時的安靜裡很難想像最後發展的強烈。

在安靜的夜裡，在生與死，天堂與地獄的分界點上，靈魂與生命經歷了一場危機。認識到自己的渺小，世界的廣大，生命的脆弱，理性的不可恃，而終於寄託於宗教。

五段的歌詞，從安靜裡開始。逐漸步入神祕的，懷疑的，動搖的情境。調性是小調／大調／小調／小調／大調。第二段比較強而豐滿。那是一個自我突破的嘗試。而在第一、三四段中，前奏裡就預示過的三個動機不斷的對位出現。在向上提升，或向下沈淪之間擺蕩。而到了第四段，那一路下行的第三動機盤據了大部分。似乎已經沒有出路。然而不可思議的第五段出現了。萎靡的第三動機在這裡被掃蕩一空。彷彿天國的號角全部吹響，光芒穿透黑暗。信仰是得到救贖唯一的路。一個輝煌的莊嚴結尾。

〈我與世界失去了聯繫〉是對外在世界的告別，退隱，潛入一個自己的精神的小世界。沒有悲傷怨嘆，而是完滿自足。割斷了與外在的牽連，放棄名利的追逐。對世界而言，可能算是死了。他只要為自己活著。這是馬勒嚮往的境界，是他在歌劇院忙碌生活中，每年暑假孜孜創作的心情寫照。非常接近中國文人的隱逸思想。的確，這首歌是通往《大地之歌》的橋樑。通過呂克特，後來馬勒進一步在中國詩裡找到他精神的歸宿。這首歌到第四小節才脫離五聲音階。和《大地之歌》相近。

馬勒，在歌裡念念不忘「世界」。從《流浪者之歌》到《亡兒之歌》，他總質疑世界的無情，無視於渺小個人的悲歡離合，照常運行。而一個人也可以向世界說不。追尋自己內心的和平美麗。在「自己的天空，在愛裡，在歌裡」的藝術裡。而這樣的孤絕純粹，竟也是分享。因為愛，因為藝術。

——原連載於《表演藝術》月刊一一五至一一八期，二〇〇二年七月至十一月

聽！中國歌
半世紀前的獨唱會

只想把讀到的好歌，讓大家都聽到。只想把濃重鄉思，撒出去一點。

一九七六年四月

五月[1]初要開獨唱會了。埋首唱歌時不覺得。日子近了，不由得緊張起來。

這是唱中國歌給中國人聽哪，總不能教人失望。

這二十幾首歌，每一首至少練唱過百遍以上吧：歌詞都請國學先生為我講解過，吟詠過，訂正過讀音。再自已細細推敲，一直摸索到聲韻學的源頭。我也回過頭來，向久被忽略的傳統聲樂技巧學習，從平劇、崑曲、民間戲曲、民謠裡探索國樂旋律發展和音色的奧祕。盡可能的向作曲家們直接請教樂曲的旨趣、速度、表情。

這幾個月走路乘車都在低吟默唱，沈思凝想。愈唱愈愛，而另一方面心情也愈加沈

1 注：一九七六年五月一日，台北實踐堂，林公欽鋼琴伴奏。

重起來。我一向膽大妄為，說作就作，這一次卻真有如見大賓如承大祭的感覺。這許多好歌，不能讓我唱糟蹋了。獨唱會本就少了，專為唱中國藝術歌的更是沒有。中廣主辦的一年一度中國藝術歌曲之夜有莫大的推動之功，但我們總不能老等著人家把歌譜遞到手裡，催著才唱。我們也不能光是抱怨沒有好作品讓我們唱——雖然少，卻絕不是沒有——作曲家嘔心瀝血的作品不該長久寂寂無聞。

我向史惟亮教他的作品〈小祖母〉的唱法，他說：「這樣就很好。我也是頭一回聽人家唱」。我不由得泫然。這豈僅是「舞衣塵暗生」，壓根兒還沒試過稱不稱身啊。我激動地想：「交給我吧，讓我把你的聲音唱出來，把中國的聲音唱出來！」然而我心中羞愧，我忘懷了中國歌這麼久，對中國歌的瞭解這麼淺。再給我十年，或許才能把中國這本大書讀個梗概吧。就這一首〈小祖母〉，一開始我只唱兩遍就丟在一旁。中國的現代作曲家何其寂寞。作為一個歌手，那寂寞是不是更難堪，我是顧不得了。

如果中國人不愛中國歌，還有誰懂得去愛？中國人怎麼會不愛中國歌呢？我們有最成熟優美、最富音樂性的語言。再說有哪個民族能像我們這樣，對三千年前到今天文字都這樣親切熟悉。許多詩詞，深植在每一個人心中。典雅高古的詩句，也是口邊的俗話。每個人都會背幾首李白的詩，小學生也知道「床前明月光」。一個人在臺上唱「春眠不覺曉」，誰不曉得下一句是什麼？人人都在心中暗自吟詠起來。這種共鳴，只我們這樣有文化的民族才有。中國的歌曲作家該不會寂寞，廣大的知音翹首以待，該有人譜「醉裡挑燈看劍，夢回吹角連營」，也該有人譜「眼波才動被人猜。」我們要聽要唱，永不饜足。中國的歌手也該不會寂寞，會有越來越多的聽眾，越來越多好歌。歌是一切音樂的起頭，讓我們帶起頭唱吧。

學會一首中國歌是很容易的。孩子們學歌，半點鐘就可以朗朗上口。但別說唱好，單要「懂得」一首中國歌也不容易。幾次應邀試唱新歌，拿到曲子一兩個星期就正式演唱，心中總是惴惴然。好歌的情味總得慢慢琢磨。特別是含蓄的中國歌。一如讀詩，書卷黃了一層，體會才也深了一層。

中國字的音樂性，對歌曲的旋律是一種啟發，也是一種限制。傳統的歌曲，特別是戲曲中，叫人聽懂歌詞是頂要緊的，對文字的音韻非常講究。詩人的用字遣詞，在高下洪纖長短緩急間就相當於譜了曲子。拿國語的四聲來說，二聲上揚，三聲由下降轉昇高，四聲由高往低，都形成旋律。歌曲的旋律如果違反了語言的旋律，就不容易聽懂，也喪失了語言的趣味——當然這種損失在曲子上可能有更好的彌補——因此中國歌的花音特多，有的也可在字的前半稍稍高下一點，好把字調「說」出來。譬如「滿插瓶花」，「滿」

字是f音，唱時卻先用比f音略低一點的音起頭，慢慢挨上正音，就把「滿」字的上聲唱出來。可是這種方式用得太多，便覺得音高失準，整首歌在油膩間滑來滑去，也是不行的。

字調問題，像京劇、崑曲中都非常注意，很少有倒音的現象。但從前人多半是依舊有的曲調（詞牌曲牌）填詞。不像今天的作曲家，依歌詞譜曲。如果全要遵照字調，不免是創作的限制。然而我們依然隨處可見現代作曲家成功的運用字調，把這種遷就變成中國歌曲特殊的美感。尤其當聽眾發覺曲調與自己的吟詠相符合時，那種感應才真是中國人的骨肉相親。

人人看得懂歌詞的今天，倒不倒音或不那麼重要了。但四聲本身就有其表意功能，譬如一聲的響亮，二聲的平和，三聲的折拗婉曲，四聲的急峻，作曲家仍不可忽視。

撇開四聲不談，每個聲母的「象聲」作用，每個韻母的特定發音部位，放在歌曲中，高下短長各有所宜，都不能不注意。頗有幾首好歌，因為演唱的困難，不得不放棄。譬如過於短促的複母音，叫人怎麼都唱不好。所幸中國文字不僅是「象形」，也是「擬音」的。「音義相訓」的作用很明顯。也就是說，一個字的發音和意義多半有關連。說話時帶有鼻腔共鳴的「江陽」韻，多半有宏大的意思。（「堂皇響亮」）。蘇東坡的〈大江東去〉（青主曲），一個「江」字從聲音上便見浩浩蕩蕩，無際無涯。李白〈子夜秋歌〉（林樂培曲），開始道「長安一片月」，「長安」是何等恢宏的漢唐名都，這名字，在廣漠的空間迴響。下半句轉到陰柔的「月」字上，產生一種寂寥感。秦觀〈鵲橋仙〉：「纖雲弄巧，飛星傳恨，銀漢迢迢難度」。「纖」「巧」的聲母，有「細碎小巧」的意思。三句中多「雲」「恨」「銀」「纖」「傳」「漢」「難」韻母，溫柔隱暗，交織出閃爍著神話的，藍緞似的星空，隱隱還有仙鵲的吱喳聲——「鵲橋仙」，在聲音上就充份的暗示了鳥鳴聲。後面最為人熟知的「柔情似水，佳期如夢」，就因為全是舌的磨擦音，更是纏綿不盡。又如「巧」韻，事實上是三連的複母音（iao）總得拖得長些，就有柔曼轉折的感覺。孟浩然「春眠不覺曉，處處聞啼鳥」。鳥韻加上上聲，真有春眠慵懶之感。〈大江東去〉中最溫柔的一句「小喬初嫁了」，聲母韻母都是嬝嬝婷婷，風光旖旎。這些巧妙處，作曲家未必都有意捕捉，卻能憑敏銳的音樂感直參妙諦。聽者也未必知其所以然，卻本能的會感動喜歡。

句子長短是決定緩急的一個重要因素。一般說來，句長反疾，句短倒緩，和吟誦不見得全相同。中國詩的句子本來就短，因此歌曲多半迂緩敦厚。民謠和戲曲多白話，俗話、感嘆詞，非得珠走玉盤的快唱不行，自然較為活潑。總直覺以為詞比詩好譜曲，其實未必。

整齊的五言七言，不一定要用整齊的樂句來配。中國詩本來就可以拖長了吟哦，更沒有子音在中間割切。詞則都有個曲調的底子，反倒不那麼自由。好在作曲家握有替一字不可易的詩詞添泛音，增疊句的特權。黃永熙譜王維的詩〈陽關三疊〉，每一疊依次疊入一、二、三句的末三字，構成獨有的風味。許聞韻譜李後主詞〈浪淘沙〉多用疊字（「簾外雨潺潺，雨潺潺」）有似幻似真之感。〈留別〉中將「來歲牡丹時，再相逢何處」，「再相逢」三字連唱三次，逐漸昇高，愈是渺不可期。李健譜馬致遠〈天淨沙〉（「秋思」）將「枯藤老樹昏鴉，小橋流水人家」更曲折的又唱一遍，唯第二遍「人家」作「平沙」，有二美兼收的意思。另一方面使這首小令大致分為二疊，使有足夠的情緒轉換時間，進入悲涼的「古道西風瘦馬」。這曲一直到「夕陽西下」，都是「二、二、二」句，最後「斷腸人在天涯」轉為「三三」。這種表現主題的巧妙，不僅是曲好，也因詞好啊！

有的詞中有意無意的用上了句中韻，便自然而然成為歌曲中駐腳的地方。再以〈鵲橋仙〉為例，「金風玉露一相逢」「風逢」不僅相叶，真是相重。「玉露」又遙遙與全曲的韻腳相叶。後面「忍顧鵲橋歸路」亦然。

民歌裡的語言趣味更是最明顯的。只因為這麼唸著順口（或者繞口），唱著順耳，不管歌詞有沒有道理，就這麼著了。〈刨山藥〉（民謠）裡的「喲，這麼大的個兒，哎呀你說妙不妙！」這種驚愕，其實聽眾早曉得了，仍不禁莞爾。是天然的語言，又是天然的音樂。或許只有民歌裡才能有吧。

然而中國歌不是因為有中國歌詞便是中國的。在大部分作品中，聽一行伴奏，你就知道那必然是中國的。這種「中國風」比對文字的感受更具體。不必分析它是五聲還是七聲音階。好像血液中早埋下了種子，一聽到那旋律，就蠢然欲動。今天的作曲家，沒有一個接受的不是西洋音樂訓練，卻無不著意表現中國精神。馬思聰譜唐詩六首，自稱多少依據宋白石道人曲譜而作，這是對淹滅的古典面貌的追索。李抱忱的作品大約以旋律為主，他認為作曲家應盡量發掘利用中國音樂的寶藏。民歌、小調、古樂、崑曲、皮黃，或是直接採用它們的旋律，或依據它們的趣味精神發揚光大。這些東西，傳唱了幾百年，確是稜角磨光了的美玉。低一輩的作曲家，一方面更能接納新的作曲技巧，一方面也對傳統的東西痛下工夫。史惟亮、許常惠便一直作著民歌整理的工作。他們不僅以民謠作基石，也廣泛的把西皮、流水等戲曲裡的東西帶進作品中，並努力發展自己的風格，表現現代精神。更有的作曲家，採用現代的無調性作曲技法，使每首曲子的味道大異其趣，開拓了廣闊的天地。對演唱者來說，一方面很艱難，另一方面可以注入較多自己的個性。然而要讓聽的人一開始就接受是不大容易的。聽熟唱熟了，才會有興味。

大多數的作曲家，對歌詞從音韻到意境都非常重視。許多作品的伴奏非常簡略，「一霎好風生翠幕，幾回疏雨滴圓荷」，便悄然讓歌聲的曲影獨自映入涼波。這種手法可能是受戲曲影響，可能希望呈現詩的樸素面貌，卻無疑是承襲了中國藝術簡約留白的精神。作曲家也注意到中國音樂的一大特色：對音色的講求。橫笛成為作曲家十分偏愛的助奏樂器，有優異的效果。在鋼琴上，也經常模仿古箏、琵琶的音色、奏法。中國聽眾對這種鄉音，不會不相識。

這次演唱的歌，只有少數幾首是半世紀前的「老歌」。

〈大江東去〉（蘇軾詞，青主曲）該是「關西大漢擊鐵板而歌」的。只因喜歡，還是嘗試著去唱了。音色用得儘量沈厚一點。曲中幾次轉調，表現了不同的場景心境。

〈春思〉（韋瀚章詞）是黃自先生的代表作，那種清麗的感傷，是我從少年時代到今天的摯愛。《瓶花》（趙元任曲）前半段是范成大的詩。黃梅調的聽眾，對這一段的曲調該是如見故人。然而它自有一種「燭照香薰」的莊重。後半段胡適先生的詞，是柔情款款似花語。在「花辦兒紛紛謝了」處，低音部的伴奏如落英繽紛。

〈桃之夭夭〉（詩經，吳伯超曲）是最古老的民歌，全曲是春花爛漫，百鳥爭鳴的喜樂，明亮而淳厚。

〈醜奴兒〉（辛棄疾詞：「少年不識愁滋味」），淡淡裡道盡人生況味。李抱忱先生說，小時就喜歡這詞，但終於到「卻道天涼好個秋」的時候，才譜了出來。這首歌的聲調和節奏看似簡單，越唱越覺靈活。伴奏疏疏的襯托著聲部，中間的空隙裡，彷彿韶光偷偷換了。對字調的抑揚——尤其韻腳——的處理，顯然深得傳統中國歌的好處，像是在吟詠。前段我用較嫩的聲音唱，後面藉「如今」帶出蒼老的喉音，無奈又寬容的，但總免不了一點悲涼。

〈春曉〉（孟浩然詩：「春眠不覺曉」）：孫德芳老師特為又修潤了伴奏部分。第一段的鳥鳴和第二段的花落，鋼琴都用古箏般的音色彈出來。頭兩句上聲韻腳用得極巧。這樣短短的一首五言絕句，卻讓人覺得美不勝收。

〈夜思〉（李白詩：「床前明月光」）：也是一首簡短通俗的詩，馬水龍先生卻自稱在留德期間為之絞盡腦汁。這一首手法非常現代的歌，大約也是第一次被演唱。作曲者指示，要我盡量自由吟唱，不要太受節奏限制；更要我把末句「低頭思故鄉」「說」出來。但我還是喜歡用他寫好的節奏平平唱出。鋼琴的間奏真是月冷如霜。我自己很欣賞這首歌，但願聽眾對比較陌生的手法也能喜愛。

李白的另一首樂府〈子夜秋歌〉，不知從前的曲譜如何。詩的本身，就給我極大的感動。偌大的長安，灰濛濛的一片月色下，千門萬戶的搗衣聲裡，就因為這小小一個婦人的思念，那個遙遠的地名，這天下蒼生，都聚攏在一起了。林樂培的曲子，對氣氛著意經營。第一段也是自由的吟唱，我想像著聲音像月光一樣遠遠散出去，而底下泡沫般浮湧著搗衣聲。然後秋風吹緊了節奏。在「良人」之前的持續低音部 f/g 音叫人何等不耐啊！戰爭不知道從什麼時候開始的，也不知道要到什麼時候完結，除了秋風，便再沒有玉門關的消息了。

〈浪淘沙〉（李後主詞「簾外雨潺潺」，許聞韻曲），恐怕是節目裡面最難為人接受的一首。周濟說後主詞「粗服亂頭，不掩國色」，是說他的率直自然。這曲子卻是複雜的。前奏十六分音符彈出的雨聲引出橫笛後，笛聲便在全曲穿插纏繞。聲部盡在高處盤旋不下，曲的旋律完全壓倒了詞的。「落花流水，春去也」，「也」字讀來何等沈暗，在曲中卻像是陰平聲。笛聲、琴聲、歌聲交織成錯綜迷離的網，現實與夢境顛置。江山無限而身困牢籠，最後的「天上人間」，該是在這種神思恍然中唱出來的吧？可惜許聞韻女士不在台灣，無法向她請教。雖然我很喜愛這作品，卻仍恐有所曲解，只能說是大膽的試唱罷了。

〈野火〉（萬西涯詞，林聲翕曲），歌詞是很好的白話詩，意象鮮明，壓力萬鈞，自然發展而為一首震撼力強大的歌。曲子使歌詞的鋒刃時時閃現，一開頭便是不可置信的驚惶：「是野火嗎？」第二段寧靜的黑夜裡藏著無限殺機：「染著紫紅的花」一字字唱出來都覺觸目驚心。第三段是強作鎮定的逃亡曲，「你爹躺在山後，沒有了頭」，用最暗沈的聲音，將整個時代的苦難，壓進聽者心裡。然後那夢魘般的野火，又熊熊燃燒起來。

許常惠的〈八月二十日夜與翠雛同嘗庭桂〉（陳小翠詞）可以見到作曲家選擇歌詞的慧眼。而正因是靈感之作，所以雖然手法新，卻能立刻抓住聽眾。長笛的運用，使聽者輕易被引入詞境。音樂是如此恰切的說了一切詞要說的，笛飛天外，月行有聲。聽著自會覺得冷香沁骨。

初唱〈小祖母〉（史惟亮曲，王文山詞）頗覺扞格不入，便擱下了。浸在中國歌裡幾個月後再拿出來，才見到寶光瑩然。全首曲子，以舊戲曲為精神支柱，鋼琴與聲樂並重，幾乎沒有明顯的旋律，也可不受節奏限制，自由的吟誦。詞與曲都非常有趣味，讓人親切見到在許多家庭中的那個「現代」的小祖母。我也唱得興味勃發，一忽兒覺得自己老了，一忽兒覺得自己小了。

馬致遠的〈天淨沙〉（李健曲），作曲者要求我唱得像元曲。前段「枯藤老樹昏鴉，小橋流水人家〈平沙〉」籠下一層陰鬱蕭索。後段急轉而下，一枝哀笛，悽楚不可聞。曲子神形俱完。叫人覺得正該如此。

節目排定後我自己也訝異，怎麼全是悲哀的調子？所幸還有一首金亮羽的〈小傻瓜〉（夏濟安詞），讓人高高興興地笑出來。金先生也是位鋼琴家，這首歌三次反覆，聲部全同，伴奏卻變化豐富，靈活動人。一開始的a小調，就是聰明絕頂。全曲一氣呵成，才華洋溢。這首作品，似乎還未被演唱過。我本來還要唱一首他的另一佳作〈聲聲慢〉，後來放棄了，真是懊悔。

〈陽關三疊〉是黃永熙的早期作品。歌詞及三疊唱法根據「古陽關曲」。全曲從頭到尾只用C調，伴奏清雅，如雨後新新柳色，又依依動人離愁。唱到三疊以後，便不可再，是終須一別了。

和〈陽關三疊〉的謙謙古風相對照，是濃得化不開的〈離別〉（葉清臣詞：「滿斟綠醑留君住」）。然而這已不是西洋的熱烈。最後的疊唱寫得尤好。

〈懷鄉曲〉（廖元芬詞，馬水龍曲）有很長的前奏，伴奏中的音樂效果也很豐富。作者稱是兩個晚上趕出來的。然而佈局嚴整，表情細膩，卻見心血。

〈鵲橋仙〉（秦觀詞，林聲翕曲），d小調典雅清淡。關於音韻，前面說了很多，不再贅述。

《老屋之歌》（鄧傳叔詞）是馮萱六十二年得作曲創作獎之作，同時她也獲得鋼琴組第一名。馮萱曾是我在女師專最鍾愛的學生，（她這兩方面的成就，卻全非我的功勞）。能親見一個音樂生命的成長，真是莫大的快慰。歌詞很長，該是不易譜曲的，然而馮萱配合的很好，有變化，有氣魄，有新嘗試。我們等待著她更高的成就。

三首民歌〈想卿卿〉、〈刨山藥〉、〈趕馬調〉，雖都是不常聽到的，卻無比親切，入耳即熟。也代表了不同的唱腔。

對歌的選擇，我是全憑一己好惡，漏了許多好作家，好作品。全場的安排或許也不恰當。我學養技巧都不夠，眼高手低，更是必然的，但願不太唐突好歌，我只想把讀到的好歌，讓大家都聽到。只想把濃重鄉思，撒出去一點。

向中國作曲家們致敬。

——原載《中國時報》海外版人間副刊，一九七六年四月二十八日

亦能低詠

牛渚西江月　青天無片雲
登舟望秋月　空憶謝將軍
余亦能高詠　斯人不可聞
明朝掛帆席　楓葉落紛紛

——李白〈夜泊牛渚懷古〉

『亦能低詠』是為古典音樂月刊《謬斯客》（*MUZIK*）所寫的專欄。生平唯一一次。從二〇一二年一月至八月。NSO國家交響樂團二〇一二年一月一日跨年音樂會演出《馬勒第二交響曲・復活》，來問能否再用我二〇〇四年為同一曲目演出所翻譯的〈太初之光〉歌詞。我乘興寫了〈蕭條異代似同時〉，交給《謬斯客》於二〇一二年一月刊出，成為了專欄的第一篇。2016/17跨年音樂會NSO又演出此曲，再用了我譯的歌詞。

蕭條異代似同時

馬勒第二交響樂《復活》

二〇一一年十二月

只剩下一支長笛。孤獨的。浩劫過後，荒涼大地的枯枝上一抹長長的影子。最後一隻茫然四顧的夜鶯，不知道該往那個方向啼唱。

二〇一一年終於要過去，迎來據說是世界末日的二〇一二。就愛樂者的音樂紀年而言，這一年最重要的意義，在於馬勒逝世一百週年。國家交響樂團NSO的跨年音樂會演出他的第二交響樂《復活》，在結束馬勒之年的同時，似乎又暗示著新的開始。

從一九六七年伯恩斯坦宣告馬勒的時代已經到來，至今又已經是近半個世紀。馬勒的熱潮方興未艾。他的（十九）世紀末焦慮的音樂，伴隨著我們走過了千年交替的反省與憧憬，還將伴隨我們迎向新的世紀（啊，我甚至不敢說，新的千年）裡撲面而來的生態危機與經濟崩潰。

「未來的同時代人」，馬勒之所以超越時代，或因為他心心念念的問題，正是我們的問題。真的，沒有一個音樂家，像他那樣關心著世界，人類，自然，死亡。沒有一個音樂家，這樣反覆追問，苦思冥索。沒有一個音樂家比他更像哲學家。而牽動我們的，或許不是智慧的解脫，而是我們同感的焦慮。而他在音樂裡為我們描繪，幻想，憧憬著另一個世界。「馬勒燃燒著，照耀著，指向高處，拉著我們遠遠超越個人的命運。[2]」

然而被荀伯格稱為聖者的馬勒，他的音樂並不都是崇高，偉大，純淨。正相反，他最讓人皺眉的地方，反倒是音樂中不時夾雜著的瑣碎，俚俗，粗野，雜亂，污染了古典主義的均衡高雅，浪漫主義的精緻敏感。他的歌詞——不止用於歌曲，也用於交響樂——大多數來自《少年魔號》這一本民歌（詞）集，固然不乏天真幽默，但算不上文學。他的音樂裡摻雜著，或是非音樂的音響，從牛鈴到掃把；或直接引用民間市井的陳腔濫調，軍樂隊的進行曲。一九〇五年樂評家Ferdinand Pfohl就痛罵馬勒的第五：隨便抓到什麼材料就用，甚至把街上最難聽的喇叭旋律丟到我們頭上。東歪西倒的葬樂隊，原班人馬接著到啤酒館裡助興。阿多諾稱之為齒輪中的沙子，下層與上層文化的混雜。荀伯格也說：「最初我也認為馬勒的主題陳腐，缺之原創性。然而卻只有他能將之發展到最大的，

2 注：這是詩人Richard Demehl的夫人Ida的評語。上一句是：「施特勞斯如電閃炫目，講述故事，緊扣外在的人世。」

一個藝術家所能表達的極限。」

這裡或許就是馬勒的現代感。他不是不食人間煙火的藝術家。從赤手空拳的憤怒青年，到躊躇滿志的宮廷歌劇院藝術總監，他總是抱怨著生命的荒涼，生活的無謂。憎惡偽善與謊言，渴望自然的撫慰。馬勒的音樂或就像他的人生：疲於奔命，奮力攀爬，一頭汗水，滿身泥塵；卻總在的生活隙縫中找到一片淨土，奉獻給他「最為神聖的藝術，愛與宗教」，開展出另一個世界，另一種生命。

馬勒的第二到第四號，被統稱為「少年魔號交響樂」，都以其中的歌曲為核心。音樂難免拼湊之譏，畢竟這些歌本來沒有關聯。第二交響樂漫長創作過程或也是結構蕪雜的原因之一。第一樂章原來是標題為《葬禮》的單篇交響詩，早在一八八八年完成。中間歷經了他從布達佩斯到漢堡的忙碌指揮事業，一八九三年才又寫就第二、第三樂章（這是從他的《少年魔號》歌曲〈聖安東尼對魚佈道〉擴大改寫的，雖然沒有用歌詞）。終樂章他決定採用人聲，卻久久沒有找到合適的題材。直到在畢洛夫（Hans von Bülow）的葬禮上聽到《復活》詩篇，如受電擊，找到了答案。他又自己添加了兩段歌詞，在一八九四年完成第五樂章。隨後加入了第四樂章（〈太初之光〉，這也是《少年魔號》的歌曲）。

馬勒對每一樂章都有過不止一個版本的說明（Programm）。但後來收回。的確，這些說明雖然可以窺見一些馬勒的意圖，但遠遠不能涵蓋音樂豐富的暗示，反而造成想像的限制。或者反過來說，因為在音樂中難以找到準確的對應，徒增困擾。

第一樂章，按馬勒的說明，是「第一交響樂中巨人的葬禮」，提出一個最重要的問題：「何為而生？何為而受苦？難道一切只是個可怖的大玩笑？」

要從音樂中聽懂這個問題無異緣木求魚。這說明毋寧是外加的「音外話」。問題其實存在於馬勒心裡。然而當他說：「我的答案就在最後一個樂章裡」，那的確是我們能聽懂的；這就是馬勒非把人聲放進交響樂不可的一個理由。

第三樂章給魚佈道那不斷迴游的十六分音符，有如頭頭是道的演說。終而一哄而散，依然故我各幹各的營生。如此生動而幽默，卻被馬勒描繪成全然不同的景象。他至少給出過三種不盡相同的說明：「當你從那憂鬱的夢中（第二樂章，對生命中美好時刻的回顧）醒來，必須回到狂亂的生活中時，……那不斷騷動的，永無止息的，無意義的生活之奔忙，會讓你不寒而慄。彷彿你在暗夜裡注視著燈火通明的大廳中旋舞的人影，離得那麼遠，因此聽不到音樂。人生對你失去了意義。一個可怖的鬼魂，你從中爆發出憎惡的叫喊。」或者「無信仰者懷疑自己與上帝。世界與生命對他只是錯亂的鬼影。對當下與未來的憎惡如鐵拳捏緊了他，追逼著他直到發出絕望的叫喊。」這「絕望的叫喊」出現在將終結處的高潮。

從第四樂章起，音樂走入內在的世界。〈太初之光〉，稚拙的歌詞，似乎只是一個玩笑，然而馬勒是認真的，他的音樂是認真的。「非常莊嚴，但樸素。」前三個樂章的紛擾在此沈澱，女低音的獨唱裡，我們面對無可逃避的問題，面對生與死。我每次在這裡熱淚盈眶，又不解如此簡單的意思，為甚麼如此動人。

馬勒還有一個怪異的要求：指揮在第一樂章後至少停頓五分鐘。Julius Buths 違背指令，把間隔移到第四第五樂章之間，卻也得到他的贊許。

而或許還有一個更重要的停頓。第五樂章在「以詼諧曲的速度衝出來」，重又發出了第三樂章絕望的叫喊，回顧了第一樂章的問題，預示了〈復活〉合唱的主題。接著的開展部馬勒稱之為「亡靈進行曲」，一長串的鼓聲開始，各個主題輪番出現，經歷了各種速度，各種調性，龐大的樂團衝向高潮。

而神奇的停頓，或是延續，就在〈復活〉的合唱開始前的那十幾個小節。眾弦俱寂，四支長號，圓號與大鼓離開舞臺，從遠方傳來。馬勒的總譜成了「指揮手冊」，上面的表情和演奏指示幾乎比音符還多。「非常慢而延伸」；「四支長號分在兩邊相對吹奏」；圓號「長，長，非常長」；第一長號「極小聲，長，長，長，在右邊的遠方」；第二長號「在左邊，稍近而稍強」；長笛（留在樂團中，唯一發聲的樂器）「如鳥鳴」。而馬勒的說明是：「在可怖的寂靜中，我們似乎聽到遼遠，遼遠的夜鶯，如大地生靈的最後顫抖的回聲。」在另一處他這樣描寫：「終了只有最後的墳墓那裡傳來死亡之鳥的長鳴。」

馬勒的音場佈置似乎跳過了立體聲而來到了多聲道時代。他在演奏廳裡架設了一個無限遼遠的空間，不，另一度空間，另一個星球，另一個世界，彼岸。譜頭沒有了調號。音符沒有了長度。時間凝駐。那裡傳來長號集合令似的召喚。忽左忽右，由遠而近。是鬼域，還是天國？還是——什麼都不是，只是虛無？

在此岸，這曾經爭逐過，奮鬥過，如狂風掃過，如烈火燒過，澎湃的，爆發的，溫柔的，哀傷的，陰鬱的，昂揚的，生氣勃勃的樂團，猝然停止了一切活動。只剩下一支長笛。孤獨的。浩劫過後（二〇一二？世界末日之年？），荒涼大地的枯枝上一抹長長的影子，最後一隻茫然四顧的夜鶯，不知道該往那個方向啼唱。啊，連影子都看不到，只有黑暗，黑暗，黑暗裡最後的聲音。

然而這是一種應答嗎？我們脫離了肉身的魂靈，在無邊的黑暗裡，聽得到那召喚嗎？或只是終於耗盡能量，沈寂於無邊的黑暗？

馬勒的答案在最後合唱中。「復活，你將復活。」這未必是每個人的答案。但我們每個人，馬勒說，都必須以某種方式來回答這個問題。

對沒有信仰的人而言，沒有復活。這裡就是終結。甚至，連這樣靈魂飄蕩的時刻都沒有。沒有召喚，沒有應答，沒有最後的鳥鳴。終結來得更快。死亡只是一片死寂。

「啊，信仰」，馬勒諄諄勸導。這是他自己加上的歌詞的第一句。然而他也說，這是每個人自己的選擇。或者，無論你如何選擇，其實死亡與復活都無可選擇。

相信不相信復活，是否關係到能不能復活？復活究竟存在不存在？或只對有信仰的人存在？究竟是因為復活的存在，因而人們應該信仰？還是復活只存在於信仰之中，信仰者的信仰之中？

至少，死亡是我們，有過生命的一切，共有的。死亡是人間（或人間之外）唯一的公平。問題是我們共有的。而馬勒的答案，無論你相信不相信，在這樣的音樂裡，你只能相信他是相信的：「奇怪的是，當我聽音樂時，包括指揮的時候，我確切的聽到了對我一切問題的回答。」

——二〇一一年十二月。原載《謬斯客》六十期，二〇一二年一月

大雅久不作
伊凡獨唱會

我費了全身的力氣才能控制自己的騷動。終至於最後的狂喜。

二〇一一年九月，德國女高音克莉絲緹安・伊凡（Chritiane Iven）於兩廳院演唱兩場。二十二日在演奏廳舉行女高音德文藝術歌獨唱會，標題是「Forget me not」。二十五日在音樂廳國家交響樂團 NSO 演出的馬勒《大地之歌》中擔任女中音。一年前的十一月二十八日，她才參加過 NSO 馬勒《少年魔號》歌曲的演出。那時我不在台灣。但以我所認識的她推想，那必然給聽眾留下了深刻印象。這次再來演出，尤其是可以充分發揮的獨唱會，我以為愛樂者會蜂擁而至。

但似乎，聽眾真的遺忘了。忘了伊凡，忘了藝術歌。

我滿懷興奮走進演奏廳，還在惋惜這樣的獨唱會該在可以容納更多人的大音樂廳舉

二〇一二年三月

行。然而讓我吃驚的是，就連小小的演奏廳還空了兩三成。我頻頻向門口張望。馬上就開始了，還是沒有什麼人來。我幾乎是憤怒的。恨不得打電話通知所有我能想到的人趕來聽。只有一位從前的學生。從德國回來的，如今已經當上了教授，帶了好幾個她的學生來。後來她對我說，學生都很感謝她提醒了他們，沒有錯過這難得的機會。經過這樣現場高水準演唱的洗禮，他們似乎真正感受到了德文藝術歌之美。

音樂會開始，在狹窄的舞臺上，近距離內，伊凡顯得十分碩大。然而她的聲音多麼的溫柔，就像含著微笑，生怕吵到了我們。我的德文藝術歌老師們當年都一再告誡：唱藝術歌只要用七分力。但伊凡似乎只用了五分。就那樣平然怡然的說著話，用澄澈乾淨的聲音，像誠懇安詳的目光。六首舒伯特的歌都發生在水面上。第一首就是〈水上歌〉，鋼琴上晶瑩的水珠低落，歌聲的旋律往復流轉，如小舟滑行湖上，沒有一點棱角。波光粼粼，晚霞滿山。在無憂的浪遊裡，升起如煙波般淡淡的時間流逝的哀愁。我的憤怒消退了。只有滿心的喜悅與讚歎。久違了，這樣的音樂。安靜地浸潤著我們。我把自己鋪張開來，像要替那些空位儲存起他們原該有的份額。

但是不是每一個人都能領會，除了這清澄的聲音？領會到什麼樣的程度？節目單上有簡單的，但很精到的解說。沒有歌詞與翻譯。馬勒的《流浪者之歌》，或許大家真的熟悉了。但舒伯特的那六首，多少聽眾能夠追隨詞意的變化？尤其最後的〈侏儒〉，這舒伯特絕無僅有，黑色詭異，近於變態，又淒美動人的歌，用了三個人的音色：王后，侏儒，旁敘者，還有鋼琴——這是男中音的曲目。費雪迪斯考，夸斯托夫都留下經典。女聲演唱是少有的，少有人像伊凡這樣兼具女高音與女中音的本事——不是熟知的聽眾，能掌握到幾分？

中場休息時還是沒有人來。下半場是舒曼的作品三十九《歌環》（*Liederkreis, op. 39*）聯篇歌集。十二首艾辛道夫的詩，浪漫主義藝術歌最精純，最深邃的代表。對我，是再熟悉不過了。一生對藝術歌的迷戀就從這裡開端，也從不曾超越。第一首就讓我濕了眼睛，到了第五首絕美的〈月夜〉，我費了全身的力氣才能控制自己的騷動。終至於最後的狂喜。我恨不得抓住每一個聽眾，搖撼著他們：你聽見了嗎？你聽見了嗎？這樣的詩，這樣的音樂，這樣的演唱！就像我現在想告訴每一個讀者那樣急切。

然而我知道，真正的知音並不多。維也納的音樂廳裡，那些安靜的聽眾心中的起伏感動和我們的聽眾應該是不一樣的。他們大多數都熟知這些歌。即使是初次體驗，德語聽眾能聽懂每一個字。這是多麼了不得的德文藝術歌演唱傳統：清晰準確的把字音融入均勻的旋律線，包括那些讓人磕磕絆絆，切斷氣流的眾多字音。

對於我們，首先要跨過德文這一關。不要奢談詩中的精微奧妙，只要比略知大意更進一步，知道這一句在唱些什麼，就已經何等豐富了。手中握著節目單上這樣一點資訊的，未曾充分準備的聽眾，不能想像發生了什麼。

的確，什麼都沒有發生。獨白，夢囈，冥想，幻覺。一朵雲過來了，他便認定它來自故鄉。孤獨，森林，暮色，月夜，飛鳥，巫女。在夜暗裡，在無聲中，想像的翅膀無拘無束地飛翔。一八四〇年，一個天才，一個瘋子，一個熱戀中的情人，一個惴惴不安的靈魂，寫下了未曾有也未曾再有的歌集。如此安靜。彷彿你在寂然無聲的茫茫雪地裡諦聽，不知不覺間，從你心裡湧出了這音樂，充滿了天地之間。

其實這是那個歌者給我們的，那個不只在你耳邊，更在你心裡歌唱的歌者。

三天以後，在大廳裡的《大地之歌》幾近全滿。或許是因為國家交響樂團 NSO 與呂紹嘉的號召力，因為馬勒，因為《大地之歌》。伊凡還唱了馬勒的《呂克特歌集》。但為什麼三天前難得的，如此豐富的獨唱會就引不起興趣？

上一次像這樣純粹的德文藝術歌演唱是甚麼時候？許萊亞（Peter Schreier）來過三次，演唱了舒伯特的兩部歌集《冬旅》和《美麗的磨坊女》，演唱前都作了專題演講，還有布拉姆斯。路德薇希（Christa Ludwig）在這裡舉行了告別演唱會，讓我們領略了馬勒。他們都說台北有最好的聽眾。這都是十多年前的事了。現在，這些聽眾到哪裡去了？

這幾年，還有這樣的盛事嗎？我想不起來。或許因為我經常不在台灣而錯過了。在聲樂的領域裡，NSO以音樂會的形式，呈現了好些以前聽不到的大戲碼，甚至包括《崔斯坦與依索德》這樣唱死天王的超級長劇。拓展了聽眾的耳界，不再局限於《杜蘭朵公主》、《蝴蝶夫人》這些迎合東方聽眾的情調裡。喚起了聽眾們對歌劇的興趣。或如《大地之歌》或馬勒其他管弦樂版的歌曲，也在這兩年的馬勒熱潮裡風行一時。

但單純的，一個人聲，一架鋼琴的藝術歌真的被人遺忘了。現在，有誰在聽德文藝術歌？二〇一〇年是舒曼的兩百週年誕辰，似乎沒有很多紀念活動，不及同年的蕭邦。更不能與馬勒相提並論。十幾年前，還時不時有讀者寫信來討論《冬旅》，偶爾會有人在報刊上抒發感想。現在還有多少這樣的聽眾？在台灣的音樂科系裡，有多少人在唱，在學，在研究藝術歌？大陸的情形也不見得較好。擁有最好天賦聲音的學生群，培養出許多歌唱家的音樂學院裡，歌劇是主流，中國歌是必須，德文藝術歌只是點綴。我不知道一個畢業生手上的曲目裡有幾首藝術歌。我在北京音樂學院講學兩次，三個星期的專題，談舒曼作品三十九，布拉姆斯的歌。學生們很好奇，他們沒有系統地學過德文藝術歌，對自己會唱的幾首一知半解，甚至沒有上過欣賞課程。或許正因為缺少德文藝術歌這種精緻內斂的美感經驗，歌手們常是盡其所能的表現聲音。無怪乎一場演唱會給人留下的印象往往是嘈雜紛亂。嘔心瀝血，盪氣迴腸。然而俗豔。

安靜。安靜。諦聽從安靜開始。我們真的需要聽聽像伊凡這樣的獨唱會。是的，我以許來亞或路德薇希這兩位「最後的大師」與她相提並論。或許她還不是大師，但有可能讓大師們不是「最後」。她以女中音而兼具女高音的音域，足可比美路德薇希。江山代有才人出，在舒瓦慈可芙與費雪迪斯考之後，德文藝術歌的演唱一路傳承。我每每覺得，如今的水準越來越高。在前輩們樹立的典範下，年輕一代的歌者，似乎了掌握了通往寶藏的地圖，成竹在胸。一出手就是成熟的技巧，純正的風格。明晰，沈靜，和煦，樸素，深刻。而在含蘊不盡裡，可以隨時蹦躍出力量。伊凡就參加過費雪迪斯考的大師班。

今年二月底，隨著巴伐利亞廣播交響樂團來台演出馬勒《呂克特歌集》（可以和伊凡的演唱比較）的男中音克理森・葛哈爾（Christian Gerhaher），也是年輕一代的最優秀的歌者。他的舒曼專輯《憂鬱》，包括作品三十九，獲得了ＢＢＣ音樂獎與德國《古典回聲》的年度演唱家獎。我本來要問，怎麼不順便安排他舉行一場獨唱會。一想到伊凡的例子，我噤口垂頭。或許，聽眾與主辦單位，都要做作更好的準備，我們才有資格邀請他們。才有資格聽懂什麼是藝術歌。

——原載《謬斯客》古典音樂月刊六十二期『亦能低詠』專欄，二〇一二年三月

侏儒巨人
夸斯托夫

天使飛翔的時候，不需要四肢。

夸斯托夫（Thomas Quasthoff）不唱了。今年一月十一號他宣佈因為「健康不再能勝任自己與藝術的要求」（喉頭病變）退下舞臺。他才五十二歲，一個男中音理想的年齡。他是德文藝術歌壇自費雪迪斯考（Dietrich Fischer-Dieskau, 1925-[3]）雄霸半世紀以來，唯一能引起聽眾幾乎更大興趣的演唱者。三次獲得葛萊美獎，演唱會一票難求。連他自己都承認，可能是當今德國最成功的古典音樂工作者，更不要說冷門的藝術歌室內歌手。五十二歲，太早了啊。雖然他豁達地說，唱了近四十年，他有權利不唱了。但藝術上的成功，對他而言不是比任何人更重要？那不該是他的全部？我替他無限惋惜。

二〇一二年五月

3 注：本文刊出當月費雪狄斯考辭世。

幸運的是，二〇〇七年，我在維也納現場聽了他的《冬旅》。

《冬旅》是從男中音到男低音到男高音每一個德文藝術歌手都想灌錄唱片的歌集。在我一長串《冬旅》演唱者名單中，夸斯托夫在時間上排在很後面，卻無疑是記憶裡印象最深刻的少數幾位之一。我的名單比我更老。除了費雪迪斯考，有資格錄製《冬旅》唱片的演唱者一般都不太年輕，雖然舒伯特寫作時才三十歲（在他三十一歲的生命裡已經是遲暮，而也只活了三十三歲的詩人繆勒寫作時年齡也相仿），雖然歌裡的男主角應該還要年輕。

名單中費雪迪斯考是當然的參考座標。他代表的男中音似乎是《冬旅》的主流音色。普萊（Hermann Prey, 1929-1998）功力難以相提並論。法國男中音蘇采（Gérard Souzay, 1918-2004）獨場會上唱到第五首不能繼續是我最震驚的一次現場經驗。霍德（Hans Hotter, 1909-2003）的男低音，把《冬旅》灰暗陰沈槁木死灰的一面唱到了極至（我上過他的課，粗粗知道他在每一個聲音後面有多少想法）。男高音裡英國的皮爾斯（Peter Pears, 1910-1986, 布列頓 Benjamin Britten 伴奏）的悲涼與神經質是另一面。許萊亞（Peter Schreier, 1935-2019）過了五十歲才開始唱《冬旅》，簡淨專注裡有一種鐫刻的力道。至於女中音如路德維希（Christa Ludwig, 1928-2021），法斯賓德（Brigitte Fassbänder, 1939-）等人的版本，好像沒有多少人認真看待。

如果真有什麼德文藝術歌演唱的正統，夸斯托夫的《冬旅》該算是霍德、費雪迪斯考正統的延續。網路上有一段夸斯托夫與霍德的錄影，一九九一年，夸斯托夫三十二歲，臉上沒有一絲皺紋，白淨光滑。霍德八十二歲。兩人都坐在椅上。夸斯托夫唱〈幻日〉（《冬旅》第二十三首），霍德接著唱〈搖琴人〉（第二十四首）。我沒弄清這是什麼情況下的錄音。年齡相差半世紀的兩人，合演了德文藝術歌傳承最動人的一幕。

而費雪迪斯考一言九鼎的無私讚譽是夸斯托夫出道時的絕大助力，雖然後者從來沒作過他的學生。但就像任何一個藝術歌的演唱者，私淑費雪迪斯考是免不了的，夸斯托夫比別人唱得更好，或許就是從中領悟了更多。費雪迪斯考灌錄的《冬旅》唱片一共七次。時間跨越三十五年，始於一九五五與摩爾（Gerald Moore, 1899-1987）的第一次合作。此前一年，同一伴奏者才與霍德錄了同一曲目。兩位演唱者不免被拿來比較。當時的評論者傾向年輕的費雪迪斯考。認為他的吐字與音色的變化都更勝一籌。的確，三十歲的聲音年輕新鮮，還有一些有意無意的顫動浮躁。在圓滑的音線上隨心所欲地「宣敘」出每一個字母，傳達出詩的意涵，是費雪迪斯考為德文藝術歌開啟的最獨特的奧祕。

只可惜我沒有現場聽過費雪迪斯考的《冬旅》——根本也只聽過他兩次獨唱會。那兩次的經驗告訴我，不管你對一首歌本來有什麼看法，都會被他如海浪的聲音一掃而空，席捲而去——從錄音裡聽，我還可以攀仕大石抗辯幾句。對他在一開始時的速度，總覺得比想像的要快。這只是我個人的成見偏好。直覺《冬旅》第一首〈異鄉〉裡的腳步沈重，即或憤憤不平，仍不免遲遲其行。

速度是所謂詮釋的決定性要素。費雪迪斯考的藝術歌演唱本來就幅度極大。在快慢、強弱、剛柔之間的變化多端，速度必然是他的深思熟慮後的選擇。基本上他很少拖泥帶水，無病呻吟。明爽剛健的風格似近於唐詩。但浪漫主義的歌常常如宋詞的淺恨輕愁。例如舒曼第三十九號《歌環》（艾辛道夫歌集）的第一首〈異鄉〉，我也覺得他唱得太快。或許他就是要在開始時不露聲色，在後邊才展現對比深度。

果然，費雪迪斯考的《冬旅》是高度戲劇性的。即使一九六三年與摩爾第二次合作（第三次在一九七二年）時已經不過於求工，有所簡化，那突然的爆發強音仍然有時成為干擾。而當時被引為比較的蘇采，令評論者猶豫難決。「蘇采的聲音是三人中最好聽的」——第三位又是霍德，版本是與韋爾巴（Erik Werba, 1918-1992）合作的唱片——應該不是重要的理由。關鍵在於抒情與戲劇，外放與內斂之間的抉擇。

一九九八年夸斯托夫第一次錄音《冬旅》，斯本瑟（Charles Spencer, 1955-）伴奏。他與巴倫波音（Daniel Barenboim, 1942-）二〇〇五年合作的 DVD 也成了經典。這位鋼琴家（不止鋼琴家）一九八〇年也與費雪迪斯考合作過。這或可以為夸斯托夫在藝術歌演唱者的譜系裡定位。

夸斯托夫的《冬旅》，似乎站在霍德與費雪迪斯考的中間位置。他的低男中音音色也介於兩者之間。既有深沈的底色，又不陷於陰暗。他的吐字可以與費雪迪斯考媲美，或得益於多年電臺播音的鍛鍊，就如費雪迪斯考本來先是個舞臺演員。據說他的音域，既可以唱男低音，也有可能成為男高音。或許不如費雪迪斯考的音色統一，卻提供了反差變化。在較高的音域的澄明純淨，反襯著低音區的滄桑成熟。我甚至更欣賞夸斯托夫的速度。他的《冬旅》，在霍德如哲學家的冥想和費雪迪斯考的魚龍百變之間，自有它深摯的感動力。

在《冬旅》之外，他的巴哈《馬太受難曲》非常精純。一九九九年與奧特（Anne Sofie von Otter, 1955-）搭檔，阿巴多（Claudio Abbado, 1933-2014）帶領柏林愛樂一起錄製的馬勒《少年魔號》歌集，或許最能表現他音色的魅力。夸斯托夫走出費雪迪斯考巨大身影的道路之一，就是要把似乎只屬於精英知識分子的藝術歌帶入庶民文化圈裡。他低音裡的粗糙度，儼然就是《少年魔號》的士兵、小民的聲音，在嘈雜混亂的管弦樂中再恰當不過。你再也想像不出，歌裡粗豪的漢子，竟有著這樣的身材。更有甚者，是他爵士演唱中「沒有一點古典味」的沙喉嚨。我總懷疑，這是毀了他嗓音的原因。

我有意一直沒有提到夸斯托夫身體狀況，就是想完全不帶異樣的眼光來評價他的藝術。在他未能進入Schubertiade（舒伯特音樂節）時，費雪迪斯考慨然（沒有告訴他）傳真給主辦者，力薦「不能沒有這樣一位傑出的演唱者」，著眼的唯一理由也是他的藝術，抗爭的或許是藝術以外的其他考量。在歌唱中，他有資格被完全放在正常人的位置來對待。他參加的競賽是奧運會而並非帕運會。

但在夸斯托夫的故事裡不能不提他的獨特性。無可諱言，畸形固然給他帶來過重重阻礙，在成名後也是特別吸引公眾矚目的一個原因。他成為傳奇人物，勵志故事的代表。但他很排斥這種「優勢」，堅持自己是一個正常人。「我有一個高挑漂亮的女朋友（後來成為他的妻子）……我讓人感動的是我的聲音，不是我的殘障」。即使夢想著站上歌劇舞臺，他拒絕了巴倫波音建議他演出可能是最合適的弄臣，寧願等到二〇〇三年在薩爾茲堡音樂節演出《費德理奧》裡的Don Fernando，一年後的《帕希法爾》裡的Amfortas這些配角。

即使早已知道他的殘障，在現場看到他搖晃著走上舞臺時還是讓人震驚。比起《鐵皮鼓》電影裡拒絕長大的可愛的奧斯卡，他不僅是四尺高的侏儒，還是不良於行，沒有手臂的重度殘障。多少年了，我沒有見到過類似的殘障者。是我們視而不見，有意遺忘了他們？

還是他們都躲了起來？我們自以為善良的人同情著他們。但夸斯托夫不要人們的同情。

我想起小時候見到過的一個少年，兩肩上垂掛著小小的手掌。但雙腿還是健全的。那是個陽光燦爛的午後。他不知道從哪裡來的。在一塊空地上打開他的包袱，一言不發的表演著各種特技。其實多半是普通人用手輕易能做到的事情。例如用腳穿套頭背心。用腳趾取物放進肩膀上小手抓住的碗裡。少了兩隻手臂，他動用著的我們平常忽略的其他部位，牙齒，下巴，把身體彎曲到各種角度。他還騎獨輪車，不靠伸出手臂來平衡，肩膀上的小手搖晃著像天使沒有長全的翅膀。記憶裡，圍觀的群眾都鴉雀無聲。沒有鼓掌，沒有嬉笑，沒有評論。大家都敬畏地看著命運的殘酷與慈悲。我隨著大人們在他的盤子裡放錢，不是因為同情，而是因為欽佩。

我看著夸斯托夫。在DVD裡，為了避免拍到他的肩膀，鏡頭多半是臉部的特寫（我在現場用望遠鏡取景時也一樣）。好像是最詳細的外科手術遠程示範。沒有一個獨唱會的紀錄片這麼清楚地呈現著演唱者如何運用他的頭部內外的所有肌肉。是的，他與正常人無異的就是軀幹與頭顱。他把他們全部鍛鍊成了最靈巧的歌唱器官。渾厚緊實的男低中音來自厚實的胸膛，然後通過開張的喉管，振動聲帶。氣息在口腔中迴轉，嘴唇噘起如喇叭，繃緊的人中，拱起的上顎，上揚的臉頰與額頭。螢幕上他的臉左右搖晃，比任何人都厲害。固然是因為大特寫，也是因為他需要更大幅度地調動身體，像那獨輪車上的少年。世間還有歌唱這樣一件事，在他這五體不滿足的人作來一點不比正常人為難。於是他以全部的意志、努力、智慧、想像力與感情，貫注於所有那些健全的器官中。就如全身不能動彈的霍金專注地用他的大腦思索宇宙。遠遠超越了我們這些正常的平常的庸人。天使飛翔的時候，不需要四肢。

我們不必問，這樣一個人，能有多少普通人的經驗。舒伯特何曾有多少經驗？我們有多少自由，端看想像力能伸得多遠，而非手臂。網路上那位評論他退出歌唱的女士說，她最喜歡的是他的《詩人之戀》。是的。他不是王爾德童話裡可憐的沒有希望的侏儒。他也可以愛，可以被愛。

我們沒有任何資格對他同情，只能佩服。我們沒有資格為他悲哀。大多數的歌手，只要有一次能唱得像他那樣，就該心滿意足。而對他來說，作為一個正常人，比作為我們正常人嚮往的藝術家，或許更為重要。

——原載《謬斯客》古典音樂月刊六十四期『亦能低詠』專欄，二〇一二年五月

大神不死

紀念費雪迪斯考

安心吧。你已經以一人之力，扭轉了地球的軌道。它還會久久這樣運行下去。

二〇一二年六月

有一次我曾經那麼接近他。一九八〇年，我從維也納到一百多公里外的林茨去聽他的獨唱會。散場後瞎轉到了後門，正見他坐進一輛銀灰的賓士車準備離去。我跑過去攔住車，上氣不接下氣的說我來自台灣，專程從維也納趕來，我多麼的感動，請他給我簽一個名……

二〇一二年五月十八日傳奇的費雪迪斯考（Dietrich Fischer-Dieskau, 1925-2021）辭世。距他八十七歲的生日十天。在世的時候，他已經是一個傳奇。

無可爭議的，他是德文藝術歌演唱者的第一人。「世紀歌唱家」，其實他已經遠遠超越了二十世紀。他的傳奇可被檢驗也一直被檢驗：錄製過四百張唱片（遠超過任何其他音樂家或流行歌手），三千首歌，一百位作曲家的作品。他唱遍了舒伯特、舒曼、布拉姆斯、沃爾夫、馬勒、史特勞斯所有適合男聲演唱的曲目。有人說，要計算他唱過多少歌，不如計算他沒有唱過的來得簡單。他還研究，寫作，教學，一部藝術歌的百科全書，而且是有聲的。他用義大利語、法語、英語、俄語、希伯來語、匈牙利語演唱。上至巴哈的受難曲，下至二十世紀當代作品。他是布雷頓（Benjamin Britten）寫《戰爭安魂曲》時設想的男中音。萊曼（Aribert Reimann）《李爾王》的催生者。他的歌劇角色約四十個。格魯克、莫札特（你想像不出他的捕鳥人多麼滑稽有趣）、貝多芬、華格納、史特勞斯、貝克（Alban Berg）裡都有他的身影。弗旦、薩克斯這些超過他範圍的低音角色，他偶一為之，都成珍品。威爾第的角色至少有八個。弄臣與羅德里格（《唐卡羅》）最受推崇。一九七八年《李爾王》首演後他退出歌劇舞臺。

以歌手而言，他是成名很早的大才。而且一出道就如蹦出宙斯額角的雅典娜，全副武裝。史瓦慈可芙（Elisabeth Schwarzkopf, 1915-2006）驚嘆說他是生來就無不具備的神人。一九四七年全無準備地頂替演唱布拉姆斯《德意志安魂曲》，一鳴驚人。接下來是獨唱會，唱片錄音，與舒瓦慈可芙和席芙瑞（Irmgard Seefried, 1919-1988）的合作。次年成為柏林歌劇院的要角。一九五一年，不喜歡馬勒的福特溫格勒（Wilhelm Furtwägler, 1886-1954）在薩爾滋堡音樂節為他指揮《流浪者之歌》。同年開始與伴奏家摩爾（Gerald

Moore, 1899-1987）的合作，直到一九七二年摩爾退休，他們錄製了全部舒伯特男聲歌曲。

好聽的聲音，完美的技巧，深刻的詮釋。這些浮泛的贊譽，在他身上都要放大十倍來看。不，是他彷彿把每一首歌都放在顯微鏡下，像達文西解剖人體那樣解剖過。錙銖必較地秤過，計算過。如果你拿著歌詞，拿著樂譜，拿著理論家對樂曲乃至於詩的分析（包括他自己寫的書），一字一句的比對，會發現他對這些好像都早已反覆推敲。但當你聽他的現場，聽他的錄音，看他的排練紀錄片，卻見他歌唱像出於本能，一點沒有精雕細琢。不假思索，一氣呵成。那裡面有朦朧不可言說的光影變化，細微的轉折，多重的色彩，吞吐收放，參差對比。像達文西完成的蒙娜莉莎。

對費雪迪斯考的認識，不，對德文藝術歌的根本認識，先都來自於他的唱片。七〇年代在維也納，我的學生施捷曾買了半套費雪迪斯考的沃爾夫送我。真是那時最有價值的禮物。維也納的老師們不鼓勵學生聽唱片模仿。但教聲樂技巧的、教吐字的、教詮釋的、教伴奏的老師都說，去聽聽費雪迪斯考。他是基礎，也是天頂。所有老師的老師。一早起來，放上唱片，作為背景音樂，陪伴著我梳洗打掃，喝咖啡讀報。直到我擺回唱針，匆匆出門。下午回來，再放上唱片，我逐漸安靜，繞室徘徊，坐下來，拿著樂譜比對著聽，不覺暮靄沈沈。一首一首，一個歌集一個歌集。一次次聽，一次次發現。費雪迪斯考就這樣一遍遍把我的歲月刷上一層層底色。建立起我對德文藝術歌牢不可破的美感標準。

那也是他為全世界，幾代人建立的共同美感標準。

絕對清晰準確的吐字，特別是截斷氣流的眾多字音，包裹在均勻的旋律線裡，絕不脫離，也絕不含混——天知道這有多麼難！幾乎沒有一位義大利歌劇演唱家，包括無所不能的多明哥，可以認真唱一場德文藝術歌獨唱會，無論是不願，不屑，歸根究底還是技術上的不能。如果統歸於廣義的美聲唱法，那麼德文藝術歌是一個獨特的分支。而對費雪迪斯考來說，這不過是最基本的要求。其中還有精密的比例調配，在唱與說，旋律與語言，音樂與詩之間的權衡。舒伯特偏於前者，沃爾夫偏於後者，但都是詩的音樂。費雪迪斯考定義了藝術歌演唱者，就是用音樂讀詩的人。德文藝術歌的作曲家，莫不是敏感的讀詩人。詩的種子在他們心中萌生出音樂。而演唱者，是那個把詩人與音樂家心靈交會的火花擦亮，讓我們目眩神馳的人。

「在神奇美麗的五月，當所有花蕾綻放；那裡在我心中，愛情也正滋長。」這是海涅的詩，舒曼《詩人之戀》歌集的第一句。那溫暖的聲音劃出一條微笑的弧線，停在嘴角，以一種如夢的憧憬。「陌生的我來到這裡，陌生的我又離去。」這是舒伯特《冬旅》歌集的第一句。以一個幾乎不可能作到的弱起拍的高音開始，如茫茫雪地裡踏下的第一個足印。「紅色的閃電後面，有雲自故鄉來。」這是舒曼作品三十九艾辛道夫歌集的第一句。每當鄉愁湧起時我心中必然響起的聲音。我常覺得他這裡唱得速度太快，來不及讓人低迴。但這就是費雪迪斯考。歌者無情，聽者有淚。他不作兒女態，不嘔心瀝血，不如泣如訴。或許因此得了知性歌手之名。

很多音樂家總以為歌手最沒有頭腦，只憑著一副好嗓子就能成名。例如帕瓦洛蒂（Luciano Pavarotti）究竟能不能讀譜就老被調侃。費雪迪斯考無奈的說，「對我而言，不過就是音樂。我根本算不上一個知識分子，你聽我的英語。」的確，他的英語是在美軍義大利戰俘營中練出來的。十八歲，才開始進入音樂學院就參了軍。戰俘營出來後復學沒多久就輟學，「在音樂廳裡通過了畢業考。」這就是他的學歷。但誰都對他的智識肅然起敬。他是牛津、耶魯、巴黎、海德堡大學的榮譽博士。音樂學院的教授，大師班的導師。他寫的舒伯特（兩次）、舒曼、布拉姆斯、沃爾夫的生平與歌曲作品的巨作，還有《華格納與尼采》等等，被每一個藝術歌唱者奉為聖經。我相信，沒有一個認真的歌手，練習每一首歌時，敢不讀讀費雪迪斯考怎麼說。而真的，幾乎每一首歌都找得到，即使一言半語，也大有深意。

而這一切都只是我們聽他前的準備功夫。真正的費雪迪斯考超越想像，到了現場才能體會。我只聽過兩場他的獨唱會。在他浩瀚的曲目中，不過嘗鼎一臠。原因是在維也納聽不到他。這全世界音樂人嚮往的音樂之都，費雪迪斯考卻從二十世紀六幾年後絕足不前。我沒弄清是甚麼原因。或許是哪個外行的文化官僚，哪個自以為是的導演，哪個不知天高地厚的樂評人激怒了他。要跟上他的高標準是不容易的。一篇訪問中問他怎麼樣的歌劇導演才算稱職。他說：對音樂、劇本一字一音都要滾瓜爛熟——但他自己也承認今天再沒有這樣的人了。他在慕尼黑歌劇院演出過二十個角色，在維也納歌劇院卻一共只演出過二十一場。維也納被歌唱家們視為最高榮銜的「室內歌手」名單上獨缺他這位大師（他是柏林與慕尼黑的「室內歌手」），是莫大的諷刺與遺憾。敢於拒絕維也納的音樂家沒有幾位，即使卡拉揚也沒有他這麼決絕。

林茨那一場，全唱舒伯特。伴奏是德穆斯（Jörg Demus, 1928-2019）。我曾在湖邊山裡他的獸籠別墅作過客。在費雪迪斯考身邊，他忽然變得矮小許多。頎長的費雪迪斯考在臺上凜若神明。一開口，整個大廳就籠罩在他聲音的魔圈裡。那與斗室中的音響全然不同。直逼在你的胸口。不見得是音量的壓力。更像是一種吸力。收束時你被吸入一個深不可測的洞穴，開張時四面八方，無可逃避。他唱的《普羅米修斯》，歌德的詩。我從來不知道舒伯特可以如此陽剛，擲地沖天，睥睨天神。一聲聲錘擊得人熱血迸濺，肝腦塗地。而在下一刻，當我還兩頰發熱，心頭突突的時候，他唱起了《海的寧靜》。無限的遼闊平穩，沒有一絲波動。那長音好像可以永遠持續。他以聲音創造了寧靜。宛如置換了所有的空氣，形成了真空。然而你知道那是大海，蘊藏著無限力量。

幾年後，我在薩爾滋堡音樂節聽了他的沃爾夫。我幾乎無法界定他是在朗讀還是歌唱。我彷彿目睹那烈火騎士（Feuerreiter）竄過大廳，忽遠忽近，烈火焚燒，馬蹄踐踏。費雪迪斯考是聲音的魔法師。他一個人，在二十首歌裡，從一幕轉換到另一幕，從一個角色換到另一個角色。

我有幸聽過那兩次。雖然沒有得到簽名。那天，他遲疑了一下，搖了搖頭，說了一聲對不起，關上了車門。我在心裡輕輕抱怨了他幾十年。傲慢的，不近人情的德國人。雖然知道他一貫不簽名，但不能破個例嗎?真的，那時週遭只有我一個人。

其實我瞭解他。即使沒有旁人，他也不會破例。那是堅守原則的德國人。他不代言品牌，不搞跨界，不迎合潮流，不討好聽眾，不在乎媒體，不作驚人之舉，不與粉絲互動。他把所有的心思，只用在真正最需要他的地方。如果我們不佔用他簽名的時間，他又多唱了一場，多錄了一張唱片，多寫了一本書。

一個時代的結束。一九九三年十月，許萊亞來台演唱《美麗的磨坊女》。劈頭問我的第一句話就是：「費雪迪斯考不唱了，你聽說了嗎？」費雪迪斯考在九二年除夕後不再演唱。那震盪對許萊亞似乎經久未消。我問他，哪些是他認為最偉大的歌唱家。他只舉出費雪迪斯考一個名字，「符合我對歌唱的理想。」

而費雪迪斯考自己是悲觀的。世界似乎越來越紛雜浮淺，離他追求的精純深刻越來越遠。「我覺得自己是白活了。」因為連大師班的學生都沒有好好聽他的唱片。

安心吧。你已經以一人之力，扭轉了地球的軌道。它還會久久這樣運行下去。

——原載《謬斯客》古典音樂月刊六十五期『亦能低詠』專欄，二〇一二年六月

不免人間見白頭
古魯貝洛娃

二〇一二年七月

每一個時代都要過去，幸運的是，我們在這個時代裡遇上了她的最高音。

維也納國家歌劇院
二〇一二年四月二十六日，古魯貝洛娃（Edita Gruberová）獨唱會
二〇一二年五月三十一日／六月五日，多尼采悌歌劇《羅伯特》（*Roberto Devereux*）

她穿著一身金色的禮服。頭髮寬寬吹起。從歌劇裡的角色走出來，古魯貝洛娃給人的感覺有些僵硬。我依稀記起她一九七九年九月在維也納的那次歌劇群星會裡的模樣。那時她初露頭角。站在那些巨星身旁不免相形見絀，舉止失措。我還曾不懷好意地譏笑了她衣著的呆板。如今，她已經穩穩在美聲歌劇的寶座上坐了幾十年，疆域擴及每一個重要的歌劇舞臺。人們敬畏地仰視，僵硬轉變成女王的威儀。

歌劇院裡座無虛席，而舞臺上今天只有她與伴奏。身為歌劇巨星，古魯貝洛娃不時演唱藝術歌，近年來致力更多。特別的是，她的獨唱會在歌劇院舉行。畢竟這裡才真正是她的天地。但傳達藝術歌則效果未必理想。或許大多數聽眾寧願聽她的詠歎調。但誰都不願放棄這個機會。她的演出向來一票難求，多少人聽到一段她的花腔就興奮莫名，何況整場獨唱會。

她唱舒伯特，沃爾夫與理查・史特勞斯。六十五歲的歌劇演唱家能保有這樣乾淨的嗓音，已是難能可貴。仍然是當年的圓圓臉，望遠鏡裡就看出了歲月的痕跡。如果她今天唱的是露琪亞（Lucia），還能清純如少女麼？藝術歌與歌劇不同。主要運用的是中聲區，而沒有多少花腔可發揮的地方。她從舒伯特的六首義大利文歌開始，然後是兩首〈蘇萊卡之歌〉與〈紡車旁的葛麗卿〉。原以為她有意選擇了這些戲劇性強烈近於歌劇的曲目，但正相反的，古魯貝洛娃著意呈現的是細膩的吞吐。她那神技似的漸強反而缺少一點直截的張力。她的沃爾夫表現更好：〈維拉之歌〉裡的神祕與女王般的氣勢，〈捕鼠謠〉和〈精靈之歌〉的靈巧幽默，〈春來〉的清鮮燦爛。終於在史特勞斯的〈當你的歌聲響起〉唱出了華美的花腔樂句。最後一首加唱曲前，她說：「因為這可能是我在維也納的最後一次獨唱會，我來說說我自己。」她唱的是自嘲的〈可憐的 Primadonna〉。

從技巧到詮釋，她都是優秀的。但作為藝術歌演唱者，她並沒有特別的優勢。更頻繁的聲區轉換讓她的特點難以顯彰。先天上，她的聲音就不是特別溫暖或富於色彩。作為「當今優秀的藝術歌演唱者之一」這種評價，對古魯貝洛娃的擁戴者而言遠遠不夠。在他們看來，在古魯貝洛娃自己的領域裡，美聲歌劇，花腔唱段，她不是之一，而是唯一。浪漫主義的藝術歌有太多紅塵裡繁複的情感。而她活在另一個世界。

還是讓我們聽她的歌劇吧。一個月後，我聽了多尼采悌的《羅伯特》（*Roberto Devereux*），她飾演伊莉莎白女王一世。我不免失望。如果不知道演唱者是古魯貝洛娃，人概不會想聽第二次。但就是為了驗證，我五天後又聽了一次。在不同的座位。我嘗試著解釋，那尖利扁薄，那支離破碎，是為了表現主角歇斯底里的精神狀態。只有在某一些段落，當聲音來到常人不能到的花腔禁地，那精準乾淨，依然令人讚歎，但也不復當年華彩。美人青春不再，或代之以風韻；歌手的美聲漸瘖，乃求之於詮釋。但沒有一種美，可以用另一種取代。尤其那獨一無二的古魯貝洛娃的青春美聲。任何彌補都不能令人滿足。維也納正在上演露琪亞，但演唱者不是她。最近她宣佈將結束與慕尼黑歌劇院的合作，因為不滿演出場次被逐漸減少。舞臺的燈光，是逐漸暗了。

然而為甚麼最挑剔，最公正的維也納聽眾還是那麼熱情？談起她時仍是滿心崇敬，似乎無視於明顯的不足？我自己何嘗不是如此？或許美是絕對的，藝術是絕對的。但現場的經驗讓我們認為，至少在聲樂的世界裡，藝術與藝術家不可分。誰要是聽過一次巔峰時期的古魯貝洛娃，能不驚為天人，感激悅服？那是一生難忘的經驗，就如遇上一見傾心的對象，在心中立下了寶愛她一生的志願。

幾十年的努力，她建立了自己的王國，擁有大批死忠的臣民。她的演出，無論在哪裡，幾乎永遠是滿座。按節目冊裡的統計，她在維也納歌劇院演出過四十七個角色（全部超過六十），六百多場。采賓內塔（*Zerbinetta*，《阿里安德娜》）九十七次（但網站上說，她在二〇〇九年十二月六日唱滿一百次，當晚謝幕時宣佈封劍。全世界演出不下兩百次）。露琪亞八十九次，夜之后六十九次（那是她在維也納歌劇院的第一個角色，一九七〇年演出）。艾維拉（*Elvira*，《清教徒》）三十二次，阿德拉（*Adele*，《蝙蝠》）三十一次。還有羅西娜（*Rosina*，《塞爾維亞理髮師》），安娜（*Donna Anna*，《唐喬萬尼》）。貝里尼與多尼采悌是當行本色（節目冊裡似乎遺漏了《夢遊女》）。

她代表了美聲歌劇的第二次復興——或許比卡拉絲的那一次更接近本源——是最亮的，也幾乎是唯一的孤獨的星。樂評的讚譽，聽眾的擁戴，都到了無以復加的地步。大家挖空心思地發明各種頭銜，以表彰她的地位：花腔女王，美聲女王，斯洛伐克夜鶯，絕對首席女伶（Primadona Assoluta）最誇張的是，或許並不誇張，無上女神（Divisimma），尤其在她唱過諾瑪（Norma）以後。

我第一次在一九七三年在維也納的收音機裡聽到她夜之后，還錄了音。一九七八年開始現場聽到她的《唐巴斯瓜雷》。接著是露琪亞，男主角是卡列拉斯（José Carreras）。在這之後的兩年裡，我不敢錯過任何一場她的演出。包括獨唱會。一九八一年，我在《音樂與音響》上寫了〈高處不勝寒〉，可能是台灣第一篇對她的報導。

二〇〇七年，她六十歲，演出露琪亞。票早就賣光。我在維也納歌劇院門口苦站了兩個小時，終於等到一張退票，欣喜若狂。鄰座一位女士，可能比我小幾歲，說只要是古魯貝洛娃的歌劇她一定到場，每一次都像是一個奇蹟。她聽說我竟然是比她還「資深」的粉絲，大為驚訝，羨慕不已。她一直在蒐集早期的錄音。但又說，聽錄音是不能相比的。你當場看到聽到，都不能相信，有一個人，能發出這樣的聲音。但那是真的。真的奇蹟。

那一天，謝幕後還有一個頒獎典禮，我不記得她得了什麼獎。但記得她簡短的答謝：我每天都在學習，都在進步。

那天晚上，我激動得無法成眠。三十年過去了，這不可思議的聲音還是這樣完美。天天學習，天天進步是什麼意思？朝聞道，夕可死矣，從三十年前的完美到今天的完美有什麼不同？我翻出〈高處不勝寒〉[4]，想借此找回當年的記憶。然而想在文字裡記錄下她的聲音只是徒勞，連自己的感覺也說不清楚。我說，她的聲音純淨如玻璃，但不容易上色；我擔心她有多少角色能唱，擔心聽眾只期待她的花腔，使她淪為炫技者；我期待她隨著年歲增長，能有更豐富的中聲區，卻擔心她因此喪失了高音的柔軟。

古魯貝洛娃用三十年的時間回答了所有的問題，證明了她的答案。是的，在她的領域裡，每一次演唱都是一次人聲的奇蹟。而更大的奇蹟是，幾十年，千百次的演唱沒有一點閃失。每天的學習與進步，只為在完美上增添一點點，一點點或許別人根本不能察覺的東西。沒有什麼事比這更難了。

那時，她的中聲區的確比以前豐富溫暖，高音或許不如當年滋潤，但遊刃有餘。她以美聲的方式傳達戲劇，傳達作曲家心目中的理想。她在美聲歌劇中尋找自己的角色。一步步攻克多尼采悌的「三女王」（Maria Stuarda, Anna Bolena, Roberto Devereux），遲至二〇〇九年才開始唱露可瑞西亞（Lucrecia Borgia）。

貝里尼的諾瑪，或許是最大的突破。她也因此確立了在美聲歌劇歷史上的女神地位。

4 注：發表於一九八一年八月《音樂與音響》。後收入一九九五年《弦外之弦》文集。文見本書附錄。

她小心翼翼，長久遲疑。因為有卡拉絲公認的經典在前。我在〈高處不勝寒〉裡比較了兩人的露琪亞：「誰能跟卡拉絲比力量！尤其古魯貝洛娃不行，她最大的好處恐怕就是不用力。」在露琪亞的發瘋場景中，古魯貝洛娃如煙雲般虛幻的聲音或許更為恰當。但諾瑪，在卡拉絲的詮釋後，成為非重戲劇女高音不能扛起的角色。古魯貝洛娃先在日本、德國巴登巴登（Baden Baden）以音樂會形式試探，終於在慕尼黑以新製作隆重推出。那時她近六十歲。從此紅遍各大劇場，謝幕掌聲每每長達三十分鐘。「我為它準備了一輩子。我聽過所有的錄音，但它們大多並不忠於原作。我想可以唱得不一樣」。

她的諾瑪至少有一點是別人難以企及的：她用原調演唱。「我想貝里尼要的就是這樣的聲音，要不然他不會寫在譜上。」但貝里尼自己可能都沒有聽過這樣的聲音。首演者降了一個全音，後繼者習以為常，包括卡拉絲。古魯貝洛娃的版本站在一個全新的高度。一個全新的諾瑪。關於力量，她的看法是，美聲最大的奧祕在於 fil di voce（弱音）與 messa di voce（漸強減弱）。「如果你不能在最高音上用柔聲，就什麼也談不上。」美聲歌劇的力度與威爾第、普契尼的不同。她讓聲音浮起來，在空中停駐，不用一點力，沒有一點重量。然後膨脹，發展，似乎可以無限延長，無限放大，恣意盤旋。再逐漸收束，如一縷散去的煙。幾乎不能聽見，你幾乎以為只是自己耳中的錯覺，大廳裡的殘響。

但它的確存在，稀薄，然而均勻，穩定，連綿不斷，可以在下一刻再次充實，成長。

「別人大聲的時候，我安靜。」古魯貝洛娃用安靜淨化我們的感官。我們追隨這聲音，如眼前唯一的一縷光，對其他再也視而不見。我們被吸引，控制，催眠。絕對的安靜，無比的專注，整個的心思都繫於在那如絲的音線上，細柔而堅韌。一個升起的高音，把我們帶到了雲層的上面，無塵明亮的天空。那裡一切細微的變化，一切幽渺的色彩，都變得歷歷分明。我們變得如此易感脆弱，命懸一線，一個猝然震動就可以讓我們心膽俱裂。但古魯貝洛娃從不粗暴，她總會把我們安安穩穩的放回地面。

這或許真就是美聲歌劇裡的戲劇性。這裡根本經不起也不需要華格納厚重的管弦，蕪雜的音響。她謙卑的說，我只是忠實地唱出作曲家寫在譜上的東西。其實，作曲家只是一個空想家，他們的空想只能等待一個聲音來完成。當我們憧憬著那傳奇的美聲的黃金歲月，揣想著那些傳奇的歌手，但真正的美聲就發生在我們身邊，連貝里尼都求之不得的，夢想的聲音。

我曾問，我們敢不敢說什麼是絕對的美？迷醉於被譏為「沒有意義的」美聲是可羞的嗎？為甚麼一隻夜鶯要那樣忘我的啼唱？難道不是牠已經超越了求偶的本能，驚訝於自己歌聲的美麗，而嘗試著一切可能？有一個人，面對她毫無憑藉，不假外求的聲音，以一生之力，窮盡一切知識，孜孜磨練技巧，專注於開發出更多那存在於我們自身，而不自知的無盡的可能。難道這不是最大的美？難道最大的奇蹟不就是生命（人聲是唯一有生命的樂器），與生命所創造的奇蹟？

但奇蹟從來不能突破的界線，就是生命的終將老去。連我們這些聽眾都垂垂老矣，古魯貝洛娃焉得不老。不少年輕貌美，身材窈窕——當然還有完美的聲音與演技——的新一代歌劇紅伶覬覦著女王的寶座。善變，追捧時髦的新一代聽眾主宰著市場。世界悄悄變化著。江山代有才人出。每一個時代都要過去，幸運的是，我們在這個時代裡遇上了她的最高音。

——原載《謬斯客》古典音樂月刊六十六期『亦能低詠』專欄，二〇一二年七月

尋常里巷王謝燕
安娜涅翠柯獨唱會

二〇一二年八月

她的路還很長。或許在她不再那麼青春美麗時才真正開始。

二〇一二年五月六日，維也納音樂協會黃金大廳，涅翠柯（Anna Netrebko）獨唱會，巴倫波因（Daniel Barenboim）伴奏。

兩年前，維也納歌劇院後面的聯邦劇場辦公室大廳有一場攝影展。展出幾百幅歌劇歷史照片。在參觀者寥寥的午後，我駐足於一張張巨幅照片前。彷彿聽到他們的歌聲旋律，從幽深的舞臺傳來。那一張舒瓦茲可芙（Elisabeth Schwarzkopf，元帥夫人）與路德薇希（Christa Ludwig，玫瑰騎士）的合影，兩人都如此美麗，那是歷史上難得的遇合，不曾也不會再有。卡瑞耶斯（José Carreras）與瑪桐（Éva Marton）合演的杜蘭朵，至今還在我眼前。弗瑞尼（Mirella Freni）的咪咪，多明哥（Plácido Domingo）的奧泰羅。芭爾察（Agnes Baltsa）的卡門。這些曾是我生活重心的人物，或已作古，或已退隱。英挺的多明哥，也成了鬍鬚花白的老紳士。

我的偶像與我，都走進了歷史。當我津津樂道他們往昔的風采時，共鳴者越來越少。難道歌劇就停留在我心目中的黃金時代，後繼無人了嗎？這毋寧是我固執的偏見。新一代的明星，我也未曾忽視。我還每每驚歎他們的聲樂技巧平均高於前輩。我記得卡瑞耶斯初出道時，每到高音必踮腳的生嫩。而那時，我毫不猶豫地視他為偶像。但近來湧現的新星，卻多還只是在我的備選名單裡。尤其以俊男美女著稱者。我有一種「以貌廢人」的傾向。如果名聲中老是被誇耀美貌，我就懷疑藝術成分是否相對稀薄。事實證明，他們的名聲隨起隨落，似乎沒有幾人真正建立起先輩們那樣持久地，不斷發展進步的藝術，普遍的認同。

而在這歌劇名人堂的入口處，高懸著的就是涅翠柯比真人還大的海報。佔據了一半高度的是她露出的一雙美腿。腰肢細窄，骨肉停勻。深凹的大眼，豐腴的面頰（這一點或就不能算絕對美女），微翹的鼻子。與那些重重包裹在金線銀絲，密針細縷的戲服裡的前輩們相比，涅翠柯的青春洋溢在袒露的四肢上。

這張海報還掛到了大街上，登時把旁邊夜總會的豔舞女郎照片壓得黯然失色。或許真有許多對歌劇一無所知的觀光客因此走入門來。保守的衛道人士不會搖頭咒罵嗎？維也納的精神聖殿歌劇院豈要靠這種招數招徠觀眾？但是沒有誰忍心咒罵涅翠柯。她是大家的寵兒。賣弄一點點清純的性感實在不必大驚小怪。她也一點沒有覺得自己傷風敗俗。錄製《聖母悼歌》時，她還打算到梵蒂岡演出呢。

大海報標誌著她就是這場歷史盛宴的富家女主人。「且看今日域中，竟是誰家天下。」三大男高音即使在音樂圈裡聲名赫赫，要到了世界盃足球賽上的連袂高歌才家喻戶曉。涅翠柯的知名度無遠弗屆。《花花公子》選她為「古典世界的性感美女」。這樣的畫地為限對她並不公平，不要說古典音樂界，那似乎只有古典美女出沒的地盤，放眼流行歌手，也不見得有誰比得上她。若她棄歌從影，也或可佔一席之地。她的唱片保持了古典音樂片的最暢銷紀錄。她的專輯在德國流行歌排行榜上名列第三。時代雜誌把她選入了最有影響力的一百人。

前輩凋零，暮氣沈沈的歌劇界竟然真的有了一個二十一世紀的代表！強調二十一世紀，因為她那鮮明的個人色彩，一個道道地地的現代女性。三十年前古魯貝洛娃崛起時，人們只對她飾演的兩世紀前的人物感興趣。而涅翠柯讓人關注的更多是她自身，一個一顰一笑都牽動人心的美女，一個從天上掉下來到歌劇舞臺上的美女。

她就是當今無可爭議的Primadonna。不管哪個見識廣博，審慎發言的批評家談到這個問題時，都是先把她不必深論地放在這個位置上，然後再說，其實，某某人也該算是。被善妒好爭的歌劇名伶們逼著表態的普契尼曾有名言：誰是真正的Primadonna？能把票賣光的就是！以此標準，涅翠柯當之無愧。

而幾年前，我對之還多少存疑。她是這十年來後起之秀中的佼佼者。但要成為一個世代的Primadonna，還需要更多證明。她有好聽的聲音，非常好的技巧，但具備這樣條件的女高音不知凡幾。她的角色還多半屬於輕抒情女高音。難得的是可以從美聲唱到浪漫歌劇。普契尼的咪咪（《波希米亞人》）；威爾第的茶花女；貝里尼的茱麗葉、埃爾維拉（《清教徒》）、阿米娜（《夢遊女》）；多尼采悌的露琪亞、諾玲娜（《唐巴斯瓜雷》）、阿迪納（《愛情靈藥》）；莫札特的安娜（《唐喬萬尼》）、蘇珊娜（《費加洛婚禮》）；馬斯奈的瑪儂、古諾的茱麗葉。這每一個成功的角色，我大半聽過，卻很難說，哪一個是她超越前人獨樹一幟的經典。她那好聽的聲音，好像就是女高音的標準版，具備一切優點。但，如果苛求，似乎還少一點鮮明的特色。不見得一聽難忘，這是她的聲音。而卡拉絲，帖芭蒂，舒瓦茨可芙，尼爾森，芙瑞尼，哪位不是帶著不容混淆的印記？「見那爪痕，就知道是一頭獅子」。

的確，就如美國的樂評人說的，這是一個什麼都有的歌手：純淨、精準、音量的幅度、音域的廣度、想像力、內涵、詼諧。但或許真正的獨到之處，是她在舞臺上讓人離不開眼睛的表演——他著意不提她的美貌。

二〇〇二年在薩爾滋堡音樂節上演唱安娜（《唐喬萬尼》），同年她也登上了大都會歌劇院（娜塔莎，《戰爭與和平》）。這時她已是國際一流紅星。但特長還沒有充分展現。二〇〇五年，薩爾滋堡音樂節上的《茶花女》，空曠簡潔的舞臺，把她整個呈現在眼前。雖然導演把她塑造得少了些優雅，更像吉普賽女郎而非巴黎高級交際花。第一幕中濃妝的俗豔其實不如後來的素顏。但她的表演如此生動真實，用上了全部的肢體與動作。況且大膽熱情。男主角唱完詠歎調，台下喝彩的空檔裡半裸的兩人擠在沙發上熱吻，弄得觀眾都不好意思鼓掌太久了。

茶花女確實是極難唱的角色，尤其是前半。忽高忽低，情緒激動處多半在中聲區。還有大量花腔樂句。像她這樣幾乎找不到破綻或勉強，真是難能可貴。這是一個全面的歌手——這裡單指她的聲音：豐富的色彩，力度音量的變化，持久的新鮮感，她還可以唱非常好的柔聲，這在奄奄一息，楚楚可憐的末尾處，是必要的本領。——但總體而言，她居然能夠一一應付這麼多困難，讓人感覺倚賴的還是年輕旺盛的生命力，多於成竹在胸的成熟掌控力。

二〇〇七年三月，我在維也納歌劇院看《瑪儂》首演。這成了她最膾炙人口的經典。從第一幕裡「昨天才滿十六歲」（真實的涅翠柯當時三十八歲），梳著大辮子的村姑，白襪黑鞋（在研究過畫報裡的時髦裝扮後她斷然脫去了短襪，用筆在小腿上畫出兩條假絲襪縫），眨動著好奇的大眼。說她是「會唱歌的奧黛麗赫本」未免擬於不倫。赫本與她的美是「骨」「肉」之別，但這裡依稀有幾分神韻。第二幕裡穿著薄絲睡衣短褲打枕頭仗的她，放射著青春性感，歌劇電影裡鮮有前例，何況現場的舞臺演出。第三幕巴黎名媛的作派，像早期好萊塢歌舞片的典型。賭場那一幕金色假髮，金色低胸高衩緊身洋裝，顯然是對瑪麗蓮夢露的戲擬，尤其是屈膝擠壓胸脯的動作。風水輪流轉，如今可是俄羅斯向美國輸出美女的時候了，至少比冷戰女間諜可親得多。

馬斯奈的歌劇，我真正喜歡的是《維特》。《瑪儂》雖說是他奠定地位的重要作品，在我心中稱不上頂尖傑作。男主角心神不寧的喃喃傾訴那一段，我卻被一旁強作笑顏，偷拭淚痕的她吸住了。不是茶花女忍辱的高貴犧牲，而是知道自己即將背叛情人的愧疚不忍，憐惜感激，因而格外的溫順多情。這樣複雜的情感，未發一言的她如此自然動人，真是歌劇舞臺上可遇不可求的片段。有了她，被幾乎所有歌劇明星咒罵的「導演劇場」

理論擁護者可理直氣壯了：不是他們這些不懂歌唱的外行人胡搞，是那些只會動嘴的歌手們做不到。人家安娜怎麼樣都行。跑著跳著，跪著趴著，甚至倒吊著，她都照幹，都照唱。有了她，這本來不怎麼樣的歌劇變得大有看頭，雖然也像好萊塢歌舞片的故作幼稚天真。唯一真正認真的是男主角。但最後一幕囚衣赤足，短髮污面的她與先前判若兩人。那臉上的悔恨、驚恐、絕望，真令人痛惜。太好的演員。她會為歌劇帶來大批新觀眾。我幾乎惋惜這樣的力量不是用在更有價值的歌劇上。人們會愛上她的表演，卻未必臣服於馬斯奈的音樂。如果這是一場《波西米亞人》多好——就在八月一號，今年薩爾滋堡音樂節全新製作的開幕戲！安娜這回又會變出什麼把戲？我從來相信，沒有一個還嚮往愛情的年輕人，在第一次認真聽過夠水準的《波西米亞人》時，能夠不愛上歌劇。

五月六日，全場李姆斯基，高沙可夫與柴可夫斯基的浪漫曲。涅翠柯讓人心滿意足。在獨唱會上，她是更純粹的歌者。雖然她自己說，獨唱會比歌劇對她更難。彷彿她把在歌劇舞臺上的巨大表演才能和精神省下來放進了歌唱裡。從容，優雅，更有時間與空間向抒情的深度走去。或許因為她唱的是母語而我不太熟悉，或許因為是不必對抗的鋼琴而非樂團伴奏，或許因為這時的她有一點發福鬆弛，不再那麼光艷逼人。或許因為這裡的她比歌劇裡更像自己（即使她有演甚麼像甚麼的美譽）。一個美麗自然的女人。

因為不熟悉，事後我去買了唱片。二〇〇九年八月薩爾滋堡音樂節上的演出，幾乎完全一樣的節目。但竟然很不一樣。唱片上更為鮮亮，現場卻更溫潤。是的，涅翠柯在改變。向我期待她改變的方向。雖然她說還不可能唱德文藝術歌，這是她的謙遜與智慧。但在第二首安可曲時她坐下來，安靜地唱出〈明朝〉（*Morgen*，理查・史特勞斯），如此溫柔，我閉上眼睛，聽到了一位真正的Primadonna。

這是新時代的Primadonna。不必像卡拉絲把自己塑造成希臘雕像，不必有舒瓦慈可芙的高貴典雅。就這樣一個樂觀，開朗，正常的普通女人，嫁一個不錯的（非常傑出漂亮的男中音）普通男人（不是豪門貴族），生兒子，為兒童代言。常常取消演出，理由都光明正大：生病，沒準備好，把時間留給兒子。失望的聽眾也都接受（當年卡拉絲當義大利總統在座時罷演，成了全民公敵）。她的路還很長。或許在她不再那麼青春美麗時才真正開始。

——原載《謬斯客》古典音樂月刊六十七期『亦能低詠』專欄，二〇一二年八月

欄外二篇

『亦能低詠』擱筆後十多年間，又有兩篇延續了專欄中的話題。

對古魯貝洛娃最初的報導應前溯我四十多年前舊文〈高處不勝寒〉。原收入《弦外之弦》書中，已經絕版。一併列於本書附錄。親歷她以新人崛起，成就偉業，終至殞落。不勝滄桑。

殷殷期待的安娜涅翠柯來台演出，竟然因國際局勢取消。世變日亟，藝術因政治而蒙塵，卻也應該是災難中的慰藉。

在人聲的最高點

紀念古魯貝洛娃

幸運地在她最好的年齡，遇見過那一隻夜鶯。也因此有了我最美的經驗。而在四十年後，縱覽她的一生，與我當年的記憶對話。

二〇二一年十月

格魯貝洛娃昨天過世了（二〇二一年十月十八日）。七十四歲。在超過五十年的演唱生涯裡，她把一整個抽屜塵封已久的美聲曲目翻倒在地，把那些沒人認得，沒人敢碰，沒人能想像的高音，high D, high E, high F, 撿拾出來，拋上天空，成為最閃亮的星星。她一個人，重建了一個美聲世代。

沒想到，此時九十歲的我，竟要去悼念她。整整四十年前，一九八一年八月，我在張繼高先生的《音樂與音響》月刊上寫了四千字的〈高處不勝寒〉[5]介紹這一位從天上掉

5 注：後收入一九九五年《弦外之弦》文集。文見本書附錄。

下來的花腔女高音。我想可能是第一篇有關她的中文報導。張先生將信將疑地問我，真有像你描述的那樣的聲音嗎？他想像不出來。在這兩個月之前，我給《音樂與音響》的那一篇〈長夏之末——理查史特勞斯的《最後四首歌》〉讓張先生迷上了那音樂。所以他對我這音樂導遊還是頗為信任的。那時候，連她的唱片都找不著。我把從收音機轉播錄下的卡帶借給張先生，讓他徹底相信，人間是有這樣的聲音。直到一九九五年我的文集《弦外之弦》出版，收錄了這篇文字。大陸音樂界的朋友讀過後還紛紛寫信來：「能不能幫我找她的唱片？」

一九八〇年她在柏林歌劇院唱《拉美莫的露琪雅》（*Lucia di Lammermoor*，多尼采悌歌劇），整個音樂界為之瘋狂。最權威的樂評人用盡了贊美之詞，甚至說「印象中的卡拉絲也有所不及。」沒有幾個樂評人能說這話，所以沒有人不信服：從柏林歌劇院前一次演出這歌劇已經過了二十五年。一九五五，米蘭斯卡拉歌劇團客席，卡拉絲主唱。四分之一世紀過去，沒有人能唱。不，在古魯貝洛娃之前，比她年長二十歲的蘇沙蘭（Joan Sutherland）一九五九年在倫敦柯芬園以此劇一舉成名。江山代有才人出，不過這種天才，一代也不見得出一個。一出來，就要領袖群倫幾十年。

一九七〇年她在維也納歌劇院演唱《魔笛》的夜之后。七四年，以這一角色在卡拉揚指揮下登上薩爾茲堡音樂節，已經躋身世界頂尖的花腔女高音之列。但這還不是她的巔峰。真正的輝煌要到一九七六年演出理查史特勞斯的《納克索斯島上的阿里雅德納》（*Ariadne auf Naxos*）才開始展現。她為這個多少年沒有排過的戲——就因為這角色沒人能唱——苦練了兩三年。根本不指望有朝一日能演出。直到貝姆（Karl Böhm）被請回維也納歌劇院，聽到她的試唱，大喜過望，說：「好孩子，咱們一起來做這件事。」毫不誇張的說，是她賦予了這齣歌劇，這個角色的重生。然後歌劇院、指揮家紛紛為這樣一個聲音排演被遺忘多年的美聲歌劇，一夕之間都成為最熱門的節目。許多人來到歌劇院就為聽那傳說中的美聲。彷彿是來到侏羅紀公園裡，看滅絕的恐龍復生。

我在一九七三年第一次到維也納時就在收音機裡聽到她的夜之后，記住了她的聲音，沒記住名字——那時她還剛開始成名。一九七八年第一次在維也納歌劇院現場聽她唱《唐巴斯瓜雷》（*Don Pasquale*）。那時我寫的是：「她在榻上攬鏡梳頭，把梳子一拋，聲音陡然滑上上加二線。簡直像魔術師伸手向空氣裡一招就來了，不需要絲毫努力。一到了這高度，她整個人就亮起來了，那聲音像擺脫了重力，玲瓏百轉，簡直不會落下來。聽的人像被牽著到未知的國度裡走了一遭。」

然後，我聽到了她的露琪雅發瘋的那一幕。那是美聲的極至了。人生難得的絕美經驗。「煙雲般浮著的是她的聲音，在沒有人跡的高處。」在女高音努力才能企及的高度之上，她似乎不是在歌唱，而是用意念調動著聲音，沒有一點擠壓，隨意舒捲，收束在最纖細的一筆上。我們拼命鼓掌，就和她的詠歎調一樣長。非如此不足以為我們被她灌注得快要爆裂的胸膛解壓。

然後，只要有她的演出，只要我在維也納，再困難也要搶到一張票去聽。真是困難，因為不只歌劇迷都在搶她的票。她一生唱過露琪雅九十場。我聽過應當有十幾二十場。跨越幾十年。她漸漸成為了花腔女高音的祖師奶奶。我最後一次是二〇一六年在維也納歌劇院聽她演唱《羅伯特德威魯》（*Robert Devereux*）裡的女王。觀眾如癡如狂。太了不起了！誰能在近七十歲時唱出這樣的高音？觀眾們的掌聲，給的不只是眼前的她，也是她幾十年累積的紀錄，代表的記憶。

這一整天，我在網上尋找聽她的演唱視頻。特別是最後這幾年，直到七十三歲！不可思議！試與上個世紀最偉大的女歌手比較：舒瓦慈可芙（Elisabeth Schwarzkopf）退隱於一九七一年，五十六歲。卡拉絲的舞臺生命終結於一九六五年，四十二歲。那時三十二歲的卡巴耶（Montserrat Caballes）在紐約一舉成名，後來正式演唱到約六十歲。她的絕技，如煙的高音柔聲，唯古魯貝洛娃庶幾近之，而古魯貝洛娃更有根。

花腔女高音可能是歌手中藝術生命最短的。因為她們本來就遊走於人聲極限的邊緣。在普通人聲帶都已經鬆弛暗啞的年齡，一位職業演唱家，在幾十年的經常重負之下，還能輕颺於雲霄之上，保持著如少女的純淨，音準、速度、吐字，毫無差錯，一場接一場，完美炫技，已經是一個奇蹟。這距離「天賦」很遠了。那是每一天不懈的鍛鍊，一字一音的精益求精。一生的堅持，永無止盡的探索。和四十年前相比，她走了很遠很遠。然而，也不免有了滄桑，少了一些年輕時的豐腴潤澤。

美聲歌劇，曾經被華格納、威爾第、普契尼推擠下舞臺。歌劇院要的是戲劇，要有深度，要有意義，要有戲劇性。不是美聲的炫技場。卡拉絲以一己之力復興了美聲歌劇，弔詭的是，她憑藉的不是完美的美聲技巧，而是一個偉大藝術家塑造的人物，創造的戲劇張力。後繼者如蘇薩蘭就常被（不公平地）批評空洞無味，雖然技巧無懈可擊。據說卡拉絲曾感嘆自己一手重建的美聲王國被蘇薩蘭拉回倒退了一百年。

古魯貝洛娃屬於哪一種呢？四十年前，我就這樣問過：

「……或許她該早生一個世紀。從瓦格納以來，誰還敢說只要好聽的聲音！為什麼歌劇必須要偉大、沈重、深刻、艱澀？作曲家為一個理念一個故事寫歌劇，卻再也不會為發展一個美麗的聲音而寫。是作曲家為這樣的聲音作得太少，還是這樣的聲音能作的太少？

然而為什麼一定要作什麼呢？像有一犬在幽暗的林間，一隻濟慈的夜鶯激動地唱起來了。我們無法抗拒的呆立在那裡聽著。那裡面沒有意義沒有情操沒有掙扎，什麼都沒有，只有絕對的美——或者，我們不再敢說，什麼是絕對的美？」

四十年過去。她毫無疑問地成為了大師。老早超過了大師。「美聲皇后」、「美聲大祭司」。她建立了自己的，無人能及的曲目。二〇一九在慕尼黑的告別演唱，觀眾起立鼓掌五十分鐘。樂評人強調她的豐富、深刻，深怕不小心讓她被誤認為只是炫技者。

而我，寧願覺得她代表的就是絕對的美。那無法定義，卻人盡皆知的美。面對稀世佳人，我們的傾慕毫無理由。而自以為是地找到些理由。絕對的美有無限的詮釋可能。從清澈的眸子看到乾淨的靈魂，光潔的面容看到無瑕的德行，眼波中有多少慧黠，微笑中有無窮深意。美，就夠了。

我在網上看著她一九八三年在慕尼黑的獨唱會。那年輕純真的臉，有些靦腆不自信，又因為聽眾熱情的掌聲而開心放心的微笑。從音響裡傳來的聲音不像是真實的，讓人懷疑經過了什麼技術的操弄美化。但我知道，在歌劇院裡，就站在我們面前，從一個真實的人身裡溢出來，卻像是從天而降的她的聲音，比音響中還要動人百倍。

沈從文給張兆和的情書：「愛過一個正當最好年齡的人。」我幸運地在古魯貝洛娃最好的年齡，遇見過那一隻夜鶯。也因此有了自己最美的經驗。而在四十年後，縱覽她的一生，與我當年的記憶對話。

——原載《聯合報》副刊，二〇二一年十一月四日

音樂廳裡的戰爭
安娜涅翠柯事件

二〇二三年三月

在藝術上站到了這樣的高度，就不能避免以天下蒼生為念的責任。或許這是從大藝術家，邁向偉大藝術家的起點。

我坐在這裡生悶氣。本來應該在音樂廳裡欣賞安娜涅翠柯（Anna Netrebko）的美聲，結果卻是聽著電視裡政論節目的喋喋不休。我熱切期盼的三月五日[6]的演出，二月二十八日被文化部叫停了。何等倉促魯莽！一星期前，我詫異地發現還有少數餘票。我以為早就該銷售一空了。朋友問，是不是有人抵制？我斬釘截鐵地說，在台灣不會有這種事。兩天之後，證實了我過於天真。

下令喊停的人，可能根本不知道她是誰。只知道她是俄羅斯人。政客不會關心她的

6 注：二〇二三年。

演唱會主題，是「向女神致敬」。被致敬的，是上個世紀（對很多人是有史以來）最偉人的歌劇女神瑪麗亞卡拉絲，今年是她百歲冥誕。致敬者，是當世的歌劇女神安娜涅翠柯。或許也只有她有資格以繼任者自居。

當我聽到一個政客洋洋得意的說，「從來沒有政治歸政治，文化歸文化這件事」。我禁不住憤怒，悲哀，還感到脊背發涼的恐懼。

是的，政治干預文化是非常恐怖的事情。當對文化，藝術，學術一無所知或別有見解的掌權者肆無忌憚的闖入這些人類的精神殿堂時，結果都是一場浩劫。

那個政客半譴責半同情的說，主辦單位國家交響樂團怎麼會這麼沒有「政治敏感度」時，簡直可笑了。藝術家的品質裡沒有這一條。藝術組織都不該有，除非在一個不自由的地方。我也很同情許多政客的「藝術無感度」。不過只要他們自我感覺良好，也不必奢求。互相尊重就罷了。偏偏政客們以為他們可以管任何事。這簡直可以替莊子寓言加一則。鼴鼠責問鷦鷯，你怎麼不學會打洞？政客想教導我們獨立的國家交響樂團，關於如何察言觀色的政治藝術。

而藝術家存在的真正意義，是為自己，也為人類維護著「獨立之精神，自由之思想」，因為捨此便沒有真正的創造，真正的藝術。此之所以制度上國家交響樂團必須被保護獨立運作，不受政治力的干擾。

我不忍責怪國家交響樂團，作為主辦單位，為我們安排了這麼好的節目，是該被稱讚的。沒能頂住政治壓力，只證明了今天政治力已經膨脹成了吞噬一切的怪獸。我想問，這樣的臨時毀約要賠多少我們的納稅錢？又有誰來賠我損失的，說不定再也不可得的欣賞機會？我們這些小小的損失真不重要。重要的是台灣的聽眾，特別是年輕人喪失的機會。攀附著涅翠柯的名聲，政客們驕傲地向全世界宣告，我們這裡是對藝術無知無感，任憑政治霸淩文化的地方。當然，政客算盤上的得失是另一筆賬。

我無限同情與理解烏克蘭人對涅翠柯的抵制，甚至贊成。藉著她的明星光環效應，他們的不幸能被更多人關注。我願意見到在音樂廳門前的抗議活動。也會毫不猶豫地在他們的譴責聲明上簽名。但針對的是戰爭，而不是無辜的藝術家。

她的罪名，在文明的地方多半已經撤銷。台北之後，她在香港、東京、米蘭演出。五月五日、七日在德國威斯巴登演出威爾第歌劇《拿布果》的票早已銷售一空。要知道，這個音樂節的主題就是聲援受政治迫害者。六月十六日，她將為義大利薇蘿納露天劇場第一百季度揭幕，演出和當年一樣的節目，而全新製作的《阿依達》。七、八月，在米蘭歌劇院還有四場《馬克白》。即使政治壓力無所不在，二〇二二年六月，柏林國家歌劇院宣佈將在二〇二三年秋季與她繼續合作。威斯巴登的總監勞芬巴赫說取消演出是「道德上的歇斯底里。」不出意料，最激進的是美國大都會歌劇院總經理，大義凜然地向涅翠柯要求道德表態。我倒很希望能在他自己身上看到思想的獨立。最好的證明，就是能作一件違背美國「政治正確」的事情。涅翠柯就曾經跟大都會槓上過：她不在乎「政治正確」，演出阿依達還是化妝成黑膚。但無論是始終拒絕她的紐約大都會歌劇院，或重新接受她的柏林國家歌劇院，他們的決定起碼形式上都基於自己的判斷，而不是哪個文化部的指示。

二〇二二年三月初，在俄國入侵烏克蘭後幾天，涅翠柯退出了柏林國家歌劇院全新製作原訂六月推出的《杜蘭多》。三月底，涅翠柯聲明「我明確譴責對烏克蘭的戰爭，我的心與這場戰爭的受害者及其家人同在。」並澄清，她見過普丁不超過五次，多半類似受獎或奧運會開幕的場合。她從來沒有得到過俄國政府的資助，參加過黨派。她也是奧地利公民，住在那裡，在那裡繳稅。她與普丁的「朋友關係」，可能如大多數真正藝術家與政治人物富商巨賈的關係，不是源於前者的攀龍，而是後者的附庸風雅。但就這幾句聲明，她在祖國的日子一定不好過了。雖然她說：「我熱愛我的祖國俄羅斯。我只會通過我的藝術追求和平與共處。」但擋不住她從國民音樂家一下子暴跌為全民公敵。

然而西方的輿論還不滿意，說她的譴責戰爭是言不由衷。

誰能要求涅翠柯在詭譎的世局中立即有正確的政治判斷？或許這才是「從來沒有」的東西。睿智如德國前總理梅克爾，這備受推崇的政治家，現在也被一些人詬病與普丁關係太好。希特勒時代，指揮家福特溫格勒，作曲家理查史特勞斯，哲學家海德格，還有頂尖的科學家，都因為留在德國，「為納粹政權效力」，而有了污點。硝煙散去之後，他們的身影仍在。

可以想像涅翠柯心中的煎熬。她看來就是一個沒有多少政治敏感度的單純藝術家，可能本來還帶著一些稚氣的強大祖國自豪感。這一次的抵制，迫使她認真思考。隨著時間推移，她的思想顯然也在轉變。去年二月底，她退出柏林國家歌劇院時是憤怒的，甚至要退出樂壇。她聲援俄羅斯指揮家時說：「強迫藝術家譴責自己的祖國是不對的。」成了她自己的罪狀。目睹戰爭的殘酷，一個月後她發表了譴責戰爭聲明，但仍然沒有如被要求地譴責普丁或俄羅斯。

她在國外，不受政治力的直接威脅，可以暢所欲言。或許正因此她反而不願獨享這種其他同胞沒有的特權。畢竟她更瞭解一般俄羅斯人民對俄烏戰爭的認知，那一定和西方媒體中描述的很不一樣。她也更知道，她在家鄉的親友們會因為她的言行付出代價。

保障每個人遵循自己心中的判斷行事，而不是別人分派給她的角色，正是一個自由文明社會的可貴之處。沒有人會強迫罪犯的女兒公開譴責她從小崇拜的父親。涅翠柯當然知道西方世界期待她說些什麼，順勢而為多麼輕鬆。但這是她的選擇。對抗專制政權的高壓，或自由社會的輿論，都需要很硬的骨頭。涅翠柯不幸處於夾縫，必須同時面對兩者。

「不媚俗」，這是米蘭昆德拉在《生命中不可承受之輕》裡所要傳達的資訊。或許是藝術家最重要的品質。那個最後淪為清潔工的布拉格醫生。只為了維護心中在旁人看來無足輕重的一點執念（對父母之邦的眷戀也是一種嗎？），付出不可承受的代價。陳寅恪「獨立之精神，自由之思想」頌揚的是不合時宜的前清遺老王國維。

音樂廳裡，觀眾席上有人大聲斥責。涅翠柯站在臺上，一言不發，面帶微笑。直到那抗議者被架了出去，演唱會開始。多麼艱難啊。但比起戰爭受害者真不算什麼。她的微笑裡，或許包含著對那個抗議者的理解同情甚至贊許，或許還有真誠的歉意。她，一個無辜的藝術家，唾面自乾地為她的國家承擔起辱罵。藝術家是民族的光榮，是誰讓她蒙羞？

經過這一次衝擊，涅翠柯會從一個快樂無憂，到處受到追捧的明星，產生什麼轉變？

既然她在藝術上站到了這樣的高度，就不能避免以天下蒼生為念的責任。或許這是她從大藝術家，邁向偉大藝術家的起點。

托斯卡，卡拉絲最偉大的，也是涅翠柯最合適的角色之一，就是一個單純的藝術家遭遇殘酷污濁政治的故事。托斯卡想用藝術建立一個愛的世界的理想被摧殘，不得不拿起尖刀。她從城堡上的縱身一躍，是藝術與愛不可玷辱的象徵。現在，當涅翠柯唱起托斯卡的詠歎調〈為了藝術，為了愛〉時，是不是多了一重感悟？

多麼艱難啊。在這些干擾下，怎麼靜心唱歌呢？或許這正是藝術家的修為。在藝術中她可以忘卻一切，帶領聽眾也忘卻一切，隨著她的美聲昇起到無塵的高處，超越俗世的苦難紛擾。這不是逃避，而是人生中不該追求，而太少享有的幸福。而這正是她能作應作，對這個苦難世界的最大貢獻。這才是，藝術的真諦。

政治，能不能為藝術，維護一方淨土？

——原載《聯合報》副刊，二〇二三年四月二十六日

繁華未落

各篇都是應邀為ＮＳＯ國家交響樂團演出樂季手冊而作。〈華格納與威爾第〉（2012/13），〈奧泰羅〉（2015/16），〈普契尼三聯劇〉（2016/17）。

義大利歌劇至威爾第達到頂峰。

華格納以一人之力另建了樂劇的王國。

普契尼則是義大利歌劇最後的煙花。

華格納與威爾第

一百多年過去，星辰仍在各自的位置。或許華格納改變了威爾第。或許威爾第因華格納而改變了自己。或許威爾第從來沒變。或許因為威爾第，華格納沒有完全改變我們。

二〇一二年一月

華格納與威爾第同生於一八一三年。不久我們將慶祝兩人的二百週年誕辰。他們共同代表了歌劇藝術的極盛期（華格納不會同意，甚至不同意歌劇兩字）。不知該算是並駕齊驅，還是南轅北轍。

和華格納相比，威爾第的事業發展平穩得多。不算改寫的版本，威爾第共創作了二十六部歌劇。和多尼采悌的七十部相比並不算多，尤其分配在直至八十歲，半世紀多的創作時間裡。一八三九至五〇年是第一階段。計十五部。初試啼聲的《奧博圖》在史卡拉歌劇院首演就獲得肯定。三年後的《拿布果》確立了他的地位。那是整個歐洲都動盪不安的年代。義大利獨立運動風起雲湧。威爾第歌劇中振奮人心的合唱曲成了傳唱遍大街小巷的愛國歌曲。整個四〇年代裡，威爾第幾乎以一年兩部歌劇的速度，繼承了義大利歌劇的正統。羅西尼金盆洗手（1829），貝里尼英年早逝（1839），多尼采悌瘋癲而死後（1848）。威爾第雄視歌劇樂壇，再無敵手。

華格納的起步也未遑多讓。二十歲出頭就寫了兩部少作《仙女》與《愛情禁令》。一八三九至四二年他避債逃往巴黎，寫稿為生，幾難糊口，倒也累積了名聲。一八四二《黎恩濟》在德勒斯登首演，長達六個小時，獲得好評。不到三個月，《漂泊的荷蘭人》隨之上演。反應平平。一八四五年演出《唐懷瑟》。一八四八年完成《羅安格林》，兩年後李斯特促成在威瑪的首演，華格納卻不能親見：一八四九年德勒斯登革命爆發，華格納成了通緝犯，從此去國流亡十一年。十五年間沒有一部華格納的新歌劇上演。

一八五一至五三年，威爾第中期三大名作《弄臣》、《遊唱詩人》、《茶花女》奠定了他世界性的聲譽。他的寫作速度放慢，態度越來越慎重，技巧越來越圓熟，管弦樂更豐美，戲劇性更強烈。大幅改寫的歌劇就有六部。威爾第一身鎔鑄義大利歌劇、法國大歌劇、德國歌劇的諸種風格，一部比一部更成熟，更結實。

當威爾第如日中天之際，華格納顛沛流離，窮愁潦倒。卻胸懷大志，心比天高。這確也是他創作最豐收的年代。巨作《指環》的大部分逐漸形成，中間還橫插了一部《崔斯坦與伊索德》，一部《紐倫堡的名歌手》。政治革命的失敗者亡命徒如今正籌劃著一次驚天動地的藝術革命，雖然他以文字不斷宣傳，恐怕很少人真把他當一回事，更沒人相信，他能實現。

他對歌劇的檢討，總結於一八五〇年初版的《歌劇與戲劇》一書。歌劇原本是十七世紀初文化復興運動裡，追摹希臘戲劇似是而非的產物。華格納要重來一次，實現詩、舞、樂一體的整體戲劇藝術，欲令其取代宗教。而他就是那集詩人、作曲家、舞臺導演、哲學家、社會改革家、宗教改革家於一身的，超越文藝復興全人的超人。華格納炮火四射的批評裡，主要假想敵是梅爾貝爾，而對威爾第置若罔聞。在他處心積慮一舉殲滅歌劇之際，或許出乎意料，一個與他同齡的年輕獅王已經一肩挑起了鞏固領地的重任，不容外敵侵入。

華格納要革命的遠不止是歌劇，而是整個人類文明。他以無比的自信與勤奮，雖無人問津，仍孜孜創作。更異想天開的是，一個四處碰壁，求售無門的作者，竟然打算建造一個專屬的劇院，以祭典似的音樂節，專為演出他的作品。華格納確實是藝術史中最荒唐，最狂妄，也最幸運，最尊榮的夢想家。他創造的奇蹟，不只因他的想像力，也因他的意志力。

一八六四年終於時來運轉，年輕的巴伐利亞國王路德維希二世，傾一國之力，成就了華格納的殿堂。華格納的夢想一一實現。在慕尼黑，一八六五年《崔斯坦與伊索德》首演，六八年《紐倫堡的名歌手》，六九年《萊茵的黃金》，七〇年《女武神》。七二年五十九歲生日那天拜魯特劇院在滂沱大雨中破土奠基。七六年拜魯特音樂節開幕，《尼布龍根的指環》連演四夜三天。拜魯特儼如聖壇，德皇在座，冠蓋雲集，歐洲王公貴族，名流文士頂禮膜拜。華格納似乎實現了他的夢想，但這卻不再是預想的庶民慶典。

華格納躊躇滿志的最後十八年裡，除了完成早已開始的《指環》後兩部《齊格菲》與《諸神的黃昏》，只有一部《帕西法爾》。塞翁失馬，焉知非福。如果華格納能如他困厄中的十五年那樣心無旁騖埋頭創作，而不必為劇場建設、演出籌備、資金票房而煩惱，他是不是能寫出更多作品？

華格納席捲歐洲文化圈，成為崇拜的偶像，進步的代表之際，威爾第一定如芒刺在背。因為他所代表的義大利歌劇正是被革命的對象。當年那個紙上談兵的妄人如今真的建立了自己的王朝。義大利歌劇近三百年基業或許就要毀於一旦。在華格納眼裡威爾第不過是手搖風琴樂師。其幫眾們更沒少冷嘲熱諷。畢洛夫（Hans Bülow）一口咬定他的《安魂曲》是「套上了教士袍的歌劇」，其實連聽還沒聽過。威爾第逐漸廢除數碼歌劇，原是一種自覺的對戲劇與音樂效果的追求，卻被認為抄襲華格納。他的管弦樂法越來越豐滿有力，也是勢所必然。但就是被認為東施效顰。其實他絕不標新立異，調性保守，不如同時的後輩理察史特勞斯或德布西前衛。

面對華格納的威脅，威爾第不敢掉以輕心。他的鋼琴上擺著《崔斯坦與伊索德》的總譜。一八七一年《阿依達》首演前不久，他聽了《羅安格林》。一八七五年在維也納聽《唐懷瑟》，「我打瞌睡了，那些德國人也一樣。」可不是，哪一個人在聽完十五個小時的《指環》後不是精疲力竭？尼采只熬了兩場就頭痛欲裂，逃入森林。威爾第從瞌睡中得到了自信：這世界上的凡人還是遠比瘋子、自虐者、狂熱分子、有慧根者為多。對眼前人間糾葛的關心還是勝過對文明起源或人類未來的探索。對一支蕩氣迴腸的詠歎調還是不能抗拒。不理那些偏執的德國人（那時誰知道他們將發起兩次大戰，這或也是華格納鼓吹出來的德國精神？），歌劇還是義大利的天下，他還是王。

開羅新歌劇院重金定製的開幕劇《阿依達》，包含了威爾第成功歌劇的一切元素：凱旋曲，思鄉合唱，祭司的審判，英雄男高音有三十二個高音B，女高音與女中音是威爾第最重的戲劇角色。威爾第在這裡把人聲用到了極限。還有大歌劇的舞蹈大排場。這外在的宏偉堂皇，正反襯著人物內心的纖細敏感，尼羅河幽暗的月色，石窟裡的沈黑。

威爾第的管弦樂達到他歌劇中前所未有的多彩細膩與張力。甚至出現了主導動機。這是威爾第中期最後一部登峰造極之作，是對華格納挑釁的一個響亮的答覆。

誰說威爾第的歌劇不是戲劇？威爾第對劇本可謂挑剔。三部改編自莎士比亞，四部自席勒。還有雨果，小仲馬，伏爾泰。厚重的歷史，複雜的故事，激烈的衝突，眾多的人物。而每一個角色，都在威爾第賦予的詠歎調或重唱裡活起來。他堅守著義大利傳統，人聲還是歌劇的中心。只是在他手裡成為戲劇最主要的載具。平心而論，威爾第歌劇情節的推展，比華格納更緊湊。設想華格納為威爾第提供劇本，絕對要被痛加刪節。華格納固然廢除了宣敘調，也消滅了詠歎調。無休無止的旋律或根本不成旋律，滔滔不絕，喋喋不休。幾個鐘頭下來，幾乎找不到一節可以選出來獨立演唱的段落。而威爾第儘管也是有聲皆歌，但有多少動聽的詠歎調！單是寫給男高音的，貝貢齊就錄過三十一首。從早期甘美的抒情男高音，到晚期雄健的戲劇男高音——至奧泰羅而極。威爾第把美聲歌劇中承襲自閹人男高音的陰柔婉轉，轉變為剛勁挺拔，開啟了二十世紀男高音的黃金時代。

華格納對這些批評一定嗤之以鼻。他的詩句就是字字珠璣，非要人細細咀嚼不可。音樂隨著詩的意念開展。聽者本來就該一心一意追隨，忘卻時間。的確，長達五小時的《崔斯坦與伊索德》，大半是癡戀者荒誕的囈語。可是聽者一旦被捲入那漩渦，就無法解脫。彷彿一字一句都嘔自胸臆，大有深意。夜暗之國，死亡之境，是無法饜足的愛欲的唯一解脫。

詩境衍生音樂，音樂膨脹詩境。兩者熔鑄為一體（還有那奇幻詭異的舞臺），到後來，其實歌詞已不必分辨。我們獲得的是音樂馱載著的，整體的，不可言宣的感覺。我們真的看見聽見，從沙場上把戰死的英雄帶往神國的女武神，金鐵交鳴，騎著天馬在空中呼嘯而過。除了吆喝聲，我們不需其它語言。她們彷佛真的存在。她們僅存在於華格納的世界。

除《黎恩濟》是與威爾第歌劇相似的歷史劇外，華格納在異想世界裡建立了自己的王國與歷史。他直溯北歐與日爾曼神話與傳說的源頭。聖杯騎士的故事從《羅安格林》延伸到最後一部《帕西法爾》，中古德國的賽歌傳統，衍生了《唐懷瑟》和《紐倫堡的名歌手》。漂泊的鬼船傳說，結合了自己飄零的身世，海上風暴的親身經歷。華格納無邊的想像力開啟了舞臺設計與聽眾的想像力。頭戴金盔，足踏天鵝小舟凌波而來的神祕騎士，讓少年國王路德維希為之癡迷，恨不能自己化身其中。迷霧中驀然出現的船影，維納斯的肉慾城堡，諸神的殿堂，毒龍的洞穴。華格納的舞臺是另一種世界。

他的主題都是愛的救贖。羅安格林要求絕對的信任；荷蘭船長因仙妲無我的奉獻解脫魔咒；唐懷瑟為無邪的愛捨棄肉欲；崔斯坦與伊索德在死亡中滿足愛情。《指環》是華格納的一生偉構，從發想到演出，歷經二十八年。卻和作者一樣，充滿矛盾與歧義。大神為統治世界的權利而捨棄愛情。他的女兒布倫西德違抗戒命，拯救相戀的愛侶，保全了人子齊格菲。最終神界在大火中傾覆。布倫希德投身火窟。以捨身帶來新的時代。

華格納的整體藝術，還是歸宗於音樂。他的歌劇改革，原來的出發點是反對歌手逞弄技巧，以聲害義。但到頭來，真正的成功在器樂更勝於人聲，似乎某種意義上又反證了音樂無言之美壓倒性的力量。十八乃至十九世紀義大利歌劇的管弦樂何其簡單，總是由第一小提琴帶出旋律，偶爾用木管樂器，銅管樂器更幾乎沒有。華格納對器樂真正解放，實踐了自己的理論。不再遵守交響樂固定的樂章模式，而是循著詩的思路，有無盡的暗示與可能。華格納以音響交織大網。在不知不覺中四面合圍。其中暗潮洶湧，數不清的顏色與流向。木管的曖昧，銅管的輝煌，弦樂神經質的半音振顫。無論華格納想從他的寓言給我們多少教誨，或都不及他的音樂直接。我們理解的淨化與救贖，是伊索德〈愛之死〉向上飛升的旋律，如雲朵飛過她腳下的弦樂。是沈睡在巨岩上，等待真愛喚醒的布倫希德四周的騰起的火焰，是神界堂皇的動機在贖罪動機前的崩解，是音樂裡騎著白駒躍入烈火的布倫希德。

威爾第的愛情，衝突與掙扎，都是有血有肉的凡人的感情；華格納的愛情則是象徵與隱喻。威爾第的政治是藉古諷今的歷史故事；華格納的政治則是關乎人類命運的神話傳說。威爾第的愛情總被現實裡的國仇家恨，宗教禮俗，乃至人心中的猜忌邪惡所摧殘；華格納的愛情，則是殉死犧牲，甘之如飴，以完成淨化與救贖。威爾第令我們感同身受，華格納令我們心嚮往之。我們同情威爾第的凡人，景慕華格納的超人。

《阿依達》以後，威爾第十六年未推出新劇。只在一八七四年親自指揮了《安魂曲》。華格納拜魯特音樂節風靡一世的那些年裡，威爾第選擇沈默與觀望。自己的地位是否會動搖？或許他也曾自問。一八八三年華格納去世時，威爾第深致哀悼：「悲傷，悲傷，悲傷，華格納死了。……這是一個偉大人物的消逝。他的名字將在藝術史上留下深深的烙印。」

一八八七年，《奧泰羅》首演。威爾第千挑萬選，終於得到博伊托（Arigo Boito, 1842-1918）改編自莎士比亞的完美劇本。創造了義大利男高音無與倫比的悲劇人物。這被人挑撥，親手扼殺至愛的獅子，炙熱深情，野蠻殘酷。這才真是尼采所說，可以吹散華格納陰濕迷霧的非洲熱風[7]。威爾第以此自信地等待歷史的評斷。

一八九三年，八十高齡的威爾第完成了圓熟人生最後的傑作《法斯塔夫》。悲劇大師以喜劇收場。「人生只是一場玩笑」，他遊嬉於各種音樂手法中，包括賦格。華格納的最後作品《帕西法爾》是一個純真愚人的啟蒙過程。《法斯塔夫》則是世故聰明人的一場蠢事。大多數人對後者更有同感。

一百多年過去，星辰仍在各自的位置。或許華格納改變了威爾第。或許威爾第因華格納而改變了自己。或許威爾第從來沒變。或許因為威爾第，華格納沒有完全改變我們。

——二〇一二年一月，國家交響樂團 NSO，2012/2013「威爾第與華格納年」樂季手冊

7 注：尼采用以對抗華格納的是比才的《卡門》。

奧泰羅

從莎劇到歌劇

二〇一五年三月

莎士比亞告訴我們，魔鬼並不僅隱藏於野蠻人的黑色皮膚底下。而可以在每個人，尤其所謂道德感強烈的文明人心裡。

如果用一位作曲家代表義大利歌劇，必是威爾第。如果用一部作品代表威爾第，必是《奧泰羅》。

一八四八年多尼采悌過世後，威爾第成為義大利歌劇作曲家的第一人。中期三大名篇《弄臣》、《茶花女》、《遊唱詩人》推出，風格確立，藝術成熟，到《阿依達》登峰造極。此後十六年間再無歌劇新作，重要作品只有一部《安魂曲》。

然而他的江山並不穩固。阿爾卑斯山北面傳來華格納隆隆的威脅。一八六五年《崔斯坦與伊索德》推出。一八七六年拜魯特劇院落成，上演全套《指環》。華格納席捲全歐，文化人為之癡狂。威爾第代表的義大利歌劇被視為落伍，庸俗，淺薄，陳腐。被革命的對象。

威爾第坐不住了。他需要再一次證明自己。最讓他不平的，是被譏為抄襲華格納。威爾第是美聲歌劇的終結者，是義大利歌劇走向「戲劇」的最大推手。華格納的「整體藝術」說，他早在嘗試實踐，只不過未能親自寫劇本。博伊托（Arigo Boito, 1842-1918）捧著改編莎士比亞名劇《奧泰羅》的構想出現，威爾第終於有了一個稱心的劇作家。

博伊托是義大利「浪蕩派」（Scapigliatura）文學藝術運動的代表人物。能詩能曲，正是義大利版華格納。但最終只成為「一劇作家」。他的《梅菲斯托》是義大利第一部詞曲出於一人之手的歌劇。他的歌劇改革宣言，曾令威爾第大為惱怒。但當他自甘為大師做嫁衣，終使威爾第盡釋前嫌。兩人成為莫逆，還繼續合作了威爾第的最後偉構《法斯塔夫》。

《奧泰羅》就該由威爾第來寫。蕭伯納曾說，《奧泰羅》是最威爾第的莎士比亞。威爾第的歌劇從來都是「情節劇」（melodrama）。題材翻新，人物鮮明，衝突不斷，高潮迭起。而《奧泰羅》的深度前所未及。

《奧泰羅》包含了威爾第過去歌劇裡的各種成功要素。就看第一幕：暴風雨場景，大合唱，主角在合唱中現身，舞蹈場景，飲酒歌，愛情二重唱，都似曾相似。彷彿是威爾第對過去成就的回顧。而這裡還凝聚了多年對歌劇沈潛反思的心得。管弦樂承載著音樂之流，色彩之豐富較華格納何遑多讓。金鐵交鳴，雷轟電閃，緊張的弦樂如驚濤駭浪沖上崩下。而比華格納更強大的，是威爾第賴以成名的絕技：人聲合唱（華格納幾乎不用合唱）。威爾第把臺上臺下的歌者樂手主角配角織成一個整體，隨著劇情推展，在合唱、重唱、獨唱、表演、舞蹈之間自由穿梭，無縫銜接。詠歎調宣敘調的界限完全泯滅。

義大利歌劇最引以為傲的美麗旋律，在這裡也不一樣了。第一幕的愛情二重唱中奧泰羅的唱段，全是「通譜」（through-composed），沒有慣用的重複、變奏。每一句都是一段新旋律，卻都沒有得到充分的發展。黛斯迪蒙娜應和的旋律也是她自己的。這儼然就是華格納主張的，按照詩意發展的「無限旋律」，而兩者聽起來截然不同。缺少重複，聽眾被帶著不斷前進，保持著緊張熱切的期盼。蓄積的能量湧向最後的高潮「一個吻，一個吻，再一個吻。」這一段旋律，到劇終時才又再現，當初幸福的愛情變成慘劇，令人悵惘。

整個《奧泰羅》就是由層出不窮的新旋律拼接而成。音樂由劇情歌詞衍生，不受形式束縛。管弦樂的作用遠遠不止於給人聲伴奏，很多時候甚至承載了主旋律。

奧泰羅是受苦最深的人。他的演唱者們亦然。奧泰羅與崔斯坦並列最困難的男高音角色。卡羅素、畢約林、貝貢齊、帕瓦羅蒂，都不敢在舞臺上演出。過早嘗試者多因之敗嗓。而蒙納科、多明哥因此成就霸業。整個第二幕延伸到第三幕，亞果的謊言如一道道酷刑，抽打著奧泰羅。而威爾第的音樂也是對男高音的酷刑。除了少數的抒情唱段，多是暴起暴落，出自肺腑的嘶吼、咆哮、詛咒、啜泣、呻吟。奧泰羅的難唱，在於音程的跳動，情緒的變化，說／唱的轉換。而不在有多少高音。奧泰羅不是幾聲痛快的高音就能對付的。需要用到全部聲區，整個軀體。胸聲渾厚的「雄健男高音」才能勝任。即使具備了合適的音色、音質、音量、技巧，威爾第的藝術性要求更難通過。總譜上指示密佈，第三幕獨唱前，在十二小節中有六個詳細的表情指示。

如此嚴苛的要求，為的是刻畫一個深沈複雜的人物。奧泰羅很容易被詮釋為魯莽的武夫。其實他是高尚的基督徒。莎士比亞改寫了野蠻人殘忍殺妻的故事原型。「你因為我經歷的苦難而愛我，我因為你對我的同情而愛你。」這愛情二重唱中的高潮在原劇中是奧泰羅在眾人面前的辯解。他們的愛情建立在崇拜與同情的高尚情操之上。而亞果要摧毀的，就是高尚的情操。他執意喚醒奧泰羅心中的魔鬼。而莎士比亞告訴我們，這樣的魔鬼，並不僅隱藏於野蠻人的黑色皮膚底下。而可以在每個人，尤其所謂道德感強烈的文明人心裡。

奧泰羅認為自己被欺騙，被背叛，被羞辱。完全信任，完美愛人的夢想破滅。他一步步踏進亞果的陷阱，自己心魔的陷阱。亞果警告的，毒蛇一般的嫉妒，咻咻吐著紅信逼近（聽聽顫抖的弦樂）。懷疑的種子一旦萌芽，就迅速生長。奧泰羅的眼中，天使般的愛妻原來是魔鬼的偽裝。殺妻是維護正義的最後手段。莎士比亞揭示了人性的複雜，溝通之困難，自卑與自負的愚昧，種族界限與社會階級的頑固力量。奧泰羅是一個可以無限挖掘的人物。

亞果，歌劇中最邪惡的人物。莎士比亞另一個人性樣本。對為惡的動機，莎士比亞勉強給了一個懷疑妻子與奧泰羅有染的理由，但連亞果自己對此都有些心虛。未得升遷因而怨恨，言之成理，但陷害凱西歐被免職時已經報復成功，何必置黛斯迪蒙娜於死地？還有人說，他對奧泰羅暗藏同性戀情，所以視黛為情敵。但這純屬臆測。相反的，他言辭中不時流露出對奧賽羅的種族偏見。

第二幕中亞果的「信經」非莎士比亞原劇內容，而是博伊托添寫的。歌劇中最徹底的惡之宣言。威爾第擊節讚賞。篤信上帝的他，和無神論者博伊托，共同譜出了這著名的男中音唱段。音樂完全是通譜，狡黠雄辯地呈現魔鬼的哲學。可注意的，宣言的結尾是宗教的沈思：「死亡之後，就是虛無，天國是一個古老的故事」。沒有靈魂永生，沒有最後審判。亞果的宣言，和尼采喊出「上帝已死」差不多同時。亞果信奉的「另一個神」，似乎指向博伊托歌劇的主角梅菲斯托，那個試圖與上帝分庭抗禮的魔鬼。亞果說，我為惡，因為我生來就是惡人。但這並未完全回答動機問題。

亞果的動機也是嫉妒。見不得人好的嫉妒。嫉妒來自於自卑。「信經」中那句「魔鬼驅使著你，我就是你的魔鬼。」暗示著亞果的惡行是一種尼采所謂「權力意志」的伸張。一個卑微小人，竟有莫大權力，在暗中決人生死。亞果又是智力型罪犯，他從把所有人玩弄於股掌的遊戲中獲得樂趣。他老謀深算，隨機應變。藉有限的、偶然的資源發揮出致命的力量。而威爾第對飾演這個大反派演員的補償，是一個可以盡情揮灑，推動著全劇的男中音角色。

黛斯迪蒙娜，這個集善良美麗於一身的女人，卻因為真誠被懷疑而蒙冤。純真的貴族少女，竟愛上曾賤為奴隸的摩爾人，為之私奔。奧泰羅辜負了這珍貴的愛情。在這一齣陰暗的歌劇中，她是「島上的陽光」。是在戲劇傾軋中抒情的角落，飽受轟炸的觀眾的精神避難所。每一個安靜恬和的段落都是因為她：第一幕的愛情二重唱，第二幕中婦女兒童的合唱。第三幕，她的苦難降臨，被奧泰羅質疑，諷刺，毆打，公然羞辱。威爾第回報給她的是幾乎整個第四幕。前奏裡出現了後面「柳樹」的旋律。這一段與劇情全無關係的插曲，在原劇中就有（莎士比亞總是出乎人意料）。後續的祈禱則是添寫的。兩者合成的獨唱部分，是威爾第為女高音譜寫的最美旋律之一。對死亡的預感，對失去的愛情的哀悼，無助無奈，不安不解。除了祈禱，再無憑依。但瀕死她還維護著奧泰羅。

黛斯迪蒙娜睡下到被驚醒之間，是奇特的，近三分鐘的間奏。奧泰羅無聲潛入臥室，凝視著美麗的，深愛的妻子，吻她，一如從前。然後宣佈她的死刑。「你祈禱了嗎？我不願殺死你的靈魂」。奧泰羅扼死了他的天使，他的幸福，他自己的靈魂。

——二〇一五年三月作。原載NSO國家交響樂團樂季手冊

二〇一六年七月音樂會形式演出《奧泰羅》

二〇一六年二月

三岔路口

普契尼的試探《三聯劇》

一個無可比擬的風格家，一絲不苟的完美主義者，用自己的方式，創造了超越自己的傑作。

普契尼沒有真正完成《杜蘭朵》就去世了。《三聯劇》（*Il trittico*）該算是他最後一部完整的歌劇——或說三部。雖然本意是一體，要在一晚節目中盡窺全豹卻非易事。三劇各長近一小時，加上兩次休息換景（也轉換情緒），對觀眾耐受極限的挑戰堪比華格納樂劇。況且角色多達三十九個。主角難由一人兼飾。是演出難度最高的歌劇之一。因此不幸經常被拆分。從一九一八年十二月十四日在紐約大都會首演以來，最受歡迎的是《強尼史基基》。近年《斗篷》也愈受重視。最常被犧牲的反倒是普契尼自己的最愛《修女安潔莉卡》。被拆分的主要原因還是三劇間沒有必然的聯繫，無論劇情上或是音樂上。所謂「都以死亡為主題」的說法不免牽強。畢竟普契尼的歌劇哪一個不涉及死亡？《三聯劇》是一部精彩的短篇小說集，不是長篇。差異對比遠超過統一。

自從《鄉村騎士》大獲成功，獨幕歌劇就成為年輕作曲家的敲門磚。普契尼的第一部歌劇《維莉》（*Le Villi*）就是為參加這種比賽而作（後改寫為二幕劇）。雖未獲獎，卻得到演出機會，一舉成名。在完成《托斯卡》之後普契尼又有了獨幕劇的構想。打算用三段劇情合成一整晚節目，《霍夫曼故事》是他的榜樣。

雖然普契尼很早確立了威爾第繼承人的地位，對他的評價卻褒貶不一。題材單一，格局太小。在嚴肅的音樂家與文化人眼中，他的作品庸俗，淺薄，煽情，商業化。與輕歌劇只有一線之隔。一八九八年《波西米亞人》維也納首演，馬勒就在演出中不時嗤笑。二十世紀初新一代的義大利音樂家、批評家不滿歌劇的缺乏新意，他被目為罪魁禍首。一九一二年，Faust Torrefranca 在《普契尼與國際歌劇》一書中抨擊他沒有思想，缺乏理想。普契尼對此保持緘默。但內心不可能沒有衝擊。身為創作者，他只能以新的創作來反駁。

但普契尼終究是普契尼。他就是偏愛小東西。寧取身邊的平凡人與事，而非宏大的題材。這本來是義大利寫實主義對浪漫主義的改革。竟又成了罪狀。藝術不是以題材來決定的。一個誠實的藝術家只能隨著自己的感覺走。從《瑪儂雷斯科》起，他的故事都是自己千挑萬選，改編自當代的小說或戲劇。這些故事感動了他，為什麼就不能成為感動人的歌劇？或許癥結在於，通過音樂的放大，這些小兒女的故事變得格外纏綿悱惻，催人淚下。這正是普契尼的拿手本領。然而一再般弄，賺來的觀眾眼淚就過於廉價了。

一九一三年二月，他提出改編話劇《斗篷》（*Il tabarro*）的構想。幾個月後確定劇本，開始作曲。旋即中斷。到一九一五年十月重新拾起，一九一六年十一月完成。中斷的主要原因是他接受了維也納的邀約，寫一部「像《玫瑰騎士》那樣，但更有娛樂性」的輕歌劇。《燕子》（*La rondine*）在一九一六年完成。由於政治環境不變（義大利與奧匈帝國分屬一戰的敵對陣營），一九一七年在蒙地卡羅首演。這可能是普契尼最弱的一部歌劇。更坐實了那些批評。但人們不知道，普契尼的反擊還在後頭。

《斗篷》依然是個小東西。但結結實實，不再虛張聲勢。故事讓人聯想到經常與《鄉村騎士》搭配演出的二幕歌劇《小丑》。《小丑》令人震撼之處在於戲中戲，那舞臺上公然殺妻的過程。《斗篷》的暴力雖怵目驚心，但點到即止。重心更在於全劇的壓抑氣氛和心理煎熬的過程。音樂的手段極其節制，不浪費一個音符。樂團經常節省到只如室內樂，力量保留給真正的高潮。尖準，恰到好處，如精心剪裁的短篇小說。場景設在往來於塞納河的駁船上，九月初涼，從日落到夜半。這不是小兒女的清純愛情，而是如左拉自然主義小說的社會檔案。社會底層的駁船主夫婦，望著不屬於他們的都市，無根地漂泊。還有比他們更底層的，但求溫飽，不堪重負的搬運工。出軌，酗酒，兇殺。貧窮是犯罪的溫床。不可遏抑的情慾，偷歡——他們只能從無望的生活裡「偷得一點幸福」。從前奏開始，普契尼如印象主義繪畫般渲染著不可捉摸的塞納河氛圍，蜿蜒流淌過全劇。德布西的手法隱約可見。岸上行人的對話（還提及了咪咪的故事），近在咫尺，遙不可及；沒有音樂的跳舞，苦中作樂，掃興而止。人群散去。夜色漸濃。劇情集中。音樂收束。情人的熱情宣洩，無論如何激憤，依然膽怯壓抑。如牢籠裡野獸的悲鳴。這種效果，或許正來自管弦樂的制約而非放大。夫妻間溝通之艱難，對話成了獨白。明知姦情的丈夫仍圖挽回。音樂徘徊在爆發與克制之間。直到最後短暫的高潮，嘎然而止。「斗篷裡裹著的有歡樂，有悲哀」，「也有罪行」。還有夢想和幻滅。這是普契尼最有深度的作品。沈痛，灰暗，無限悲哀。

《修女安潔莉卡》（*Suor Angelica*）完成於一九一七年九月，普契尼自認是三部中最好的。這或許源於私人的感情。他最喜愛的妹妹就是修女，身為最重要的歌劇創作者，嚴守清規的妹妹卻不能踏入劇院。著實遺憾。於是普契尼特地在修道院以鋼琴伴奏搬演，讓修女們同情落淚。他對修女日常生活親切溫馨的描寫，或許啟發了後來紅極一時的音樂劇電影《真善美》（*The Sound of Music*）。這是在暗淡的《斗篷》和諧趣的《強尼史基基》中間，一個抒情的過渡。說是抒情，因為劇情和人物的簡單。這是普契尼僅有的，也是罕有的全女角歌劇。一個俗世姑母的來訪，打破了一群白衣修女的安靜生活。而唯其簡淨，撞擊力度更為集中。姑母是普契尼女低音角色中最具分量的。可與威爾第筆下的大祭司相提並論。而其冷酷無情，面目可憎，讓人想起《托斯卡》中的惡人Scarpia。在《斗篷》的對照下，《修女安潔莉卡》一塵不染。弦樂幾乎是透明的。女高音的獨白單純，絕對。捨棄一切的專注，可以穿透一切。《修女安潔莉卡》是一條雪白的天國之路；在濃洌如酒的種種歌劇之間，一杯獨一無二的甘泉。

《強尼史基基》（*Gianni Schicchi*）完成於一九一八年四月。取材於但丁《神曲》，下地獄的主角卻成了討喜的人物。這是普契尼唯一的喜劇。堪與華格納的《紐倫堡的名歌手》，威爾第的《法斯塔夫》相提並論。篇幅雖小，立意卻高。它承繼了義大利「即興喜劇」（commedia dell'arte）的傳統。即興喜劇沒有固定劇本。倒有固定的面具、服裝、造型、道具，分別代表典型的角色——小丑、貪婪老頭、年輕情侶、醫生。遺產爭奪本來就是即興喜劇最流行的題材。劇中人物也一一對應著典型角色。然而這裡的音樂是全新的，一個全新的普契尼。在他的其他作品中沒有一點跡象。有學者將此劇比擬為三樂章交響樂最後的急板樂章。由於急促，旋律短小簡單，鮮少發展。一閃而逝的詼諧片段，欲言又止的對位，就如主角的機智狡猾。一系列動機貫穿全劇，時時再現，提示著角色或情景。包括強尼史基基動機、情侶動機，還有不時出現的哀樂動機，提醒著喪家應有的哀戚氣氛。抒情的部分都留給那一對年輕情侶，但也是無頭無尾，淺嘗即止，吊人胃口。好不容易來到了 Lauretta 的詠歎調〈親愛的爸爸〉（*O mio babbino caro*）儘管短小，聽眾總算遇到了久違的普契尼的動聽旋律。自此傳唱不歇。這究竟是作曲家的有意討好或是賣弄手段，不必深論。然而這只是偶然的回顧。普契尼遠遠走在前面。甚至用上了多調性和聲。開場的快速節奏，被稱之為「幾乎有斯特拉文斯基的銳利」。他在傳統與現代之間穿梭自如。奇思妙想處處埋伏，挖掘不盡。呈現著成熟，真誠，知性，別處不能見到的普契尼。簡約而豐富。

一個無可比擬的風格家，一絲不苟的完美主義者，用自己的方式，創造了超越自己的傑作。在俗與不俗之間，試著給出一個回答。在三岔路口上，普契尼曾經試探過新的方向。

——二〇一六年二月作，原載於 NSO 國家交響樂團 2016/17 樂季手冊

故人背影

老友們一個個離去。
離去。因為完成。

聲樂取經人
紀念唐鎮教授

二〇一六年四月

唐鎮與我年齡相近。而我們結識很晚。

我一九五〇年考上師大音樂系。享受到台灣當時最好的音樂教育資源。然而那時閉鎖的臺灣，距離歐洲非常遙遠。一直要到六〇年代，我的學長如史惟亮、許常惠，才從歐洲帶回來一些音樂的火種。我們還是很落後的。

在聲樂領域，我們那一輩公認最好的聲音，是我在師大的學姐孫少茹。她比我高兩屆，我們都愛打籃球，彼此非常熟悉。她一九五二年畢業，一九五七年到義大利，一九六三到六六年學有所成，連續獲重要聲樂比賽金獎。那是我最崇拜最羨慕的，華人第一位戲劇女高音。不幸在四十八歲去世。

而我那時完全不知道的是，孫少茹到羅馬聖濟琪麗亞音樂學院入學一年後，唐鎮已經從那裡裡畢業。然後她到維也納國立音樂學院，再到德國科隆音樂學院。從一九五二到一九六九年，當歐洲於我還是一個遙遠的神話時，唐鎮默默在歐洲的音樂聖殿裡足足浸淫了十幾年。之深之久，無人能及。她無疑是我們那一輩在聲樂領域裡的先行者。

一九七〇年回到臺灣，唐鎮自己，就是她滿載而歸的經書。從合唱，聖樂，歌劇到德文藝術歌，無論是語言發音，美聲技巧，風格詮釋，學生們都能從她那裡得到正宗的指導。的確，能身兼義德（奧）兩家之長，窺其堂奧的聲樂家，少之又少。

那時唐鎮在台灣，推動了許多我們今天都還要咋舌的事情，例如整齣歌劇的演出。教學、排練、籌辦，到自己上臺。看來天真的唐鎮，憑藉著熱情，也有驚人的執行力。她把音樂的歐洲向我們拉近了一大步。

第一次聽她演唱，應該是一九七〇年。那時的我雖然淺薄，也感覺得到她的德文藝術歌或莫札特詠歎調的清新純正。至於她的教學，在網上，可以看到她對孫少茹演唱錄影的講評。據唐鎮說，他們相識於義大利，系出同門。唐鎮的評論非常中肯。可以藉此認識到她對音樂的理解，風格的掌握，教學的方法。最令我感動的是，她的氣度胸襟。所謂同行相忌，藝術家之間，常常不能相容。唐鎮對一位同輩聲樂家，無保留的推重。以孫少茹的演唱為典範，用於教學。造福了學生，也發揚了孫少茹的藝術。是對同儕最好的紀念。

唐鎮與我未曾同學同事，有限的交往，都非常愉快。她的幽默可愛，豁達自然，誰都喜歡。我們唯一一次同台，是二〇〇〇年幾個「聲樂前輩」的《絕代風華》聯合演唱會。那天她唱的是莫札特。她對我說：「不管多老，我們就是要唱，唱到死為止。有什麼演出，就算是師生音樂會，我也要上臺唱一首。」是的，什麼都不為，只因為她是一個歌者，只因為喜歡唱歌。

不忮不求，無私無我。唐鎮專心致志，一生奉獻給了聲樂。孤身一人，兩袖清風的她，造就了無數學生。她移植來的文化基因，會長久傳承。我想，她是滿足快樂的。

——二〇一六年四月四日

陌上花開緩緩歸

憶吳漪曼

音樂界裡我認識幾位天主教徒，有著聖者般的大愛精神。吳漪曼是其中之一。她從來沒有向我傳過教，而我時時看到她身上的光輝。

一九四九年，我高二暑假中以同等學力報考師大音樂系。那時第一次見到吳漪曼。她已經是音樂系的學生。紮著兩條烏亮的辮子。很愛笑，小女孩似的，銀鈴般的聲音。她的父親是原國立音樂院院長吳伯超先生，一九四九年乘太平輪來台時遇難，當然大家都對她特別關注照顧。等到第二年我真考上師大，不久她就出國去了。我是第三屆，她一九四七年以同等學力考入南京國立音樂院，一九四九年到師大借讀二年級，是和史惟亮同班的第一屆。我一直以為自己比她大兩歲，現在看資料才知道是同年，她還長我幾個月。我們的同學現在都已經九十歲上下，能夠回憶當年的也不多了。

二〇二〇年七月

我實際上和她同學的時間很短，不像對其他同學那樣熟悉。後來師大音樂系同學聚會，許常惠喝了酒，最愛拉著吳漪曼向後輩們介紹：當年梳著兩根辮子，一笑起來如何如何，翻來覆去地說。想來這美麗的江南女子，是那時候一眾男生們心儀的對象。不過那時的許常惠還很靦腆，自稱都不敢跟我說話。

再見到吳漪曼，大約是十六年以後了。那時我在高雄女師任教。教育廳挑選一些音樂教師集中培訓，蕭滋老師是導師之一，吳漪曼擔任翻譯。仍然是嬌滴滴的吳儂軟語。我坐在台下，興起了跟蕭滋老師學德文藝術歌的念頭。一九七一年，我真的成為蕭老師的學生。那時吳漪曼已經是蕭滋夫人，一不小心成了我的師母。我也不敢再連名帶姓地叫她，改以吳老師、金老師相稱。

我每週一次到靠近青田街的他們家裡上課。才開始和吳漪曼有比較多的接觸。她多半也在一樓給學生上鋼琴課。我們說幾句話，我就去蕭老師二樓的教室。蕭老師培養了一整代台灣最優秀的鋼琴家，那時他們都還是少年。像我這樣的老學生來學藝術歌的是個異類。我們上課非常認真專心。吳漪曼教學的空檔就會上樓來看看我們。也不多說話，滿面笑容地站在鋼琴旁邊聽一聽。拍拍蕭老師的手背，又下去了。他們的恩愛真讓人羨慕。蕭老師喜歡自己作菜，上課時飄來菜香，他也會暫停，去廚房看看。我就聽到兩人的應答，感覺著他們家中流淌著的幸福。我的女兒羅弘跟吳漪曼學琴。考大學時術科成績比一位蕭老師的學生略好，吳漪曼都不相信。吳漪曼特別重視音樂性，講解細膩。如今羅弘是維也納音樂學校優秀的鋼琴教師，教的學生屢屢獲得奧地利全國乃至國際大獎。這是吳漪曼打下的基礎。

這樣跟蕭老師上了一年多的課，我和吳漪曼的交流還是不多。一九七二年我舉行了一場獨唱會，曲目一半是跟蕭老師學的德文歌。一九七三到七四年我帶著蕭老師的推薦信去奧地利進修一年。回國後蕭老師鼓勵我開一場德文藝術歌的獨唱會，自願幫我伴奏。音樂會在一九七五年六月十四日台北實踐堂舉行。我們準備了大半年。

臨近音樂會，除了練歌，事情多了起來。吳漪曼就成了我們的「經理」，經常三人一起討論。蕭老師一想起什麼，就讓她打電話來交代。從我們服裝顏色的搭配，到曲目的調整。她也會談到蕭老師有幾根手指已經不靈便，但對自己要求又高，練琴十分辛苦。口氣裡滿是憐惜。我問還要為蕭老師準備什麼。她建議，蕭老師最喜歡花，多放些花就好了。所以我們就有了一場舞臺上滿是玫瑰（不要紅色的）的音樂會。我問她，蕭老師給我伴奏，我該給多少報酬。她回答的聲音至今在我耳邊：「你千萬別跟蕭老師提這個，他會生氣的。」我沒見過蕭老師生氣。但完全相信吳漪曼是最瞭解他的人。我去上課時常帶著一個錄音機，那時候是龐然大物。蕭老師頗感興趣。我就送了一台最新款的給他們。兩人弄不清怎麼用。讓我在每個鍵上貼了標籤。後來還是嫌麻煩，打入了冷宮。

蕭老師對我們的音樂會很滿意。吳漪曼也是又得意又心疼。跟我說，蕭老師很高興。但覺得自己老了，以後恐怕不能公開演奏鋼琴了。我說，我也不敢再折磨蕭老師，下回你幫我伴奏吧。吳漪曼很興奮。但這事可惜沒有實現。那一年蕭老師七十四歲，從教職退休。九月客席指揮臺北市立交響樂團演出《貝多芬之夜》，似乎就是蕭老師最後的公開演出了。

後來我才在吳老師的記述裡讀到（《這裡有我最多的愛》：〈永恆的剎那〉），蕭老師在台灣二十三年，「後半的十三年幾乎都在病痛中，一次次從危險中掙扎過來的。」算來我在奧地利的那一年裡，他的健康就開始惡化。而我一無所知。一九七五年的夏天，「一次危險期中。他沈睡了一天一夜……那是他最辛苦的經驗……脫離這次危險期，從此他開始了寫作。」那應該就緊接著我們的音樂會之後啊！我才知道，蕭老師為那場音樂會付出了多少健康。我才瞭解，吳漪曼承擔了多少焦慮。而他們，從來沒有讓我感覺到他們的困難。只讓我看到他們的喜樂。

我相信，從一九六三年起，和蕭老師相識，相戀，琴瑟和鳴的那十年，是吳漪曼最幸福的歲月。而我親身做了一部分見證。吳漪曼和我畢竟年齡相若，可以說些心底話。她也對我毫不扭捏的說，他們兩人的感情「好得像一個人」。

我第二次去奧地利進修兩年，一九八〇年回來感覺蕭老師明顯老了許多。吳漪曼還是愛笑，但似乎帶著隱隱的憂愁。蕭老師最懷念奧地利的沙河蛋糕。我每次暑假去奧地利都帶一個回來給他，他寶貝得可以吃到聖誕節。後來吳漪曼說，千萬別帶了，因為必須忌口。我改送廚房作菜的全套奧國風圍裙、手套、抹布。蕭老師因此開心得不得了，預備大顯身手。他們真像孩子般的單純。後來蕭老師的身體每況愈下。一次次住院。吳漪曼提心弔膽地眼看著心愛的人一天天衰頹，是她最痛苦的煎熬。然而這時候，她從一個依傍在蕭老師身旁，備受愛寵的小妻子，轉變成了堅強勇敢，力大無窮的保護者。吳漪曼的母親與他們同住，也是病痛纏身，後來失智。我每想起吳漪曼來，就無限同情。不知道她孱弱的身子，怎麼承擔得起照顧樓上樓下兩位至親老人的重任。然而她的韌性遠超出我的想像。

蕭老師過世，我們在吳漪曼深情的回憶文字中感覺到那摧心裂肺的痛苦。然而她一刻沒有停歇。表現出令人驚嘆的行動力。蕭老師的喪禮備極哀榮。吳漪曼主持編輯的《這裡有我最多的愛》專輯超過三百頁，匯集台灣文化音樂界近七十人的紀念文字。寫成了台灣音樂史上的重要篇章。她成立了「蕭滋教授音樂文化基金會」，請託蕭老師的朋友學生整理出版了蕭老師的遺稿十幾冊。只可惜不能一一翻譯成中文。一九九一年七月蕭老師奧地利故居音樂家紀念銘牌的揭幕儀式和音樂會，她邀我參加。又出版了中德雙語的《愛在天涯——蕭滋教授行誼錄》，德文書名為：*Robert Scholz, Weltbürger der Musik, Ein Österreicher in Taiwan verliebt* 蕭滋：音樂的世界公民，愛上台灣（或譯在台灣找到愛）的奧國人。二〇〇二年蕭老師百歲冥誕，她出版了《每個音符都是愛》紀念文集五百多頁。邀到執筆的作者超過二百人。顯然蕭老師沒有一天離開過她。她也又讓人們回憶起蕭老師的笑容和教誨。

蕭老師愛上了台灣，當然是因為愛上了吳漪曼。蕭老師德文哲學遺稿裡，情不自禁地描述著對她的傾慕，迷戀，乃至視她為中國文化的體現，自己悟道的指引。從蕭老師的眼中，我們最可以看見他的「西施」。

在蕭老師的遺作《啟思錄》（*Denkanregungen*）裡，〈漪曼〉是一個專章，作為〈道〉那一章的補充。其中回憶了他們第一次見面的情景：「（一九六三年）九月十三日星期五，下午一點，她打電話來。輕快如歌的聲音，謝謝我給她的信。我耳中只聽到這聲音，不知道她在說些什麼，也不知道她是誰。」此前他們見過兩次面，但蕭老師毫無印象。

「我邀請她星期日五點來談話並共進晚餐。我度過了一輩子最長的兩日兩夜。拼命工作，實實在在被渴望啃嚙，被失去的記憶淩遲。」

「五點準時門鈴響了。我打開門。門外站著一位不可形容的可愛美麗的女孩……她的美席捲了我。在我突然清醒過來和她握手時，我知道，這就是我的妻子。」

吳漪曼的記述和這個基本相符。但時間是下午三點，而她吃了一頓最早的晚餐。究竟誰對，如今已經無解。這兩人相對如夢寐，恐怕都是精神恍惚。

蕭老師驚嘆著這個女子不自覺的魔力。那時她三十二歲，而蕭老師認為她最多二十二到二十五歲。「雖然在歐美生活了十年，仍然是百分之百的中國女人。」他迷醉於她挺拔的身姿，搖曳的步態。清澈透明的大眼睛，迷人的長睫毛。「當那眼睛充滿愛地凝視時，美得令人目眩。我再也看不見別的東西，也不想看，只想永遠凝視著這眼睛。」他讚美著她光潔潤澤的皮膚，「在濃黑頭髮的映襯下，喚起格外溫柔純淨的感覺。」

是的，吳漪曼，一個溫婉的中國女子，完全擄獲了這位對美最為敏感的藝術家。然而，相差二十九歲的異國戀情，不免招來一些反對非議，包括母親和照顧她的父執輩。奇妙的是，在這之前從來沒有為異性動心過的吳漪曼，獨獨被蕭老師吸引，陷入熱戀。她勇敢地頂著壓力，堅持自己的愛情。終於讓每個人都感染到了她的快樂，相信了她的選擇。

而這兩個最乾淨純粹的靈魂的結合，不僅成就了他們自己，還成就了旁邊的許多人。

蕭老師過世後，我和吳漪曼的交往沒有稍減。二〇〇四年吳伯超先生百年誕辰紀念研討會在北京中央音樂學院舉行，我應邀參加，和吳漪曼同飛機。她帶了台灣各種食品禮品送給大陸的朋友，數量之多，我們好幾人分攤之下還幾乎個個都要超重。這就是她滿溢的熱情，為了感恩大家紀念她的父親。

研討會正值清明時節，一路上春光明媚，桃花盛開。我聯想起了我唱過的吳伯超先生的作品《喜樂——桃之夭夭》。吳先生最為人津津樂道的是他的抗戰愛國作品，如合唱曲《國殤》、《中國人》。而這一首小歌，「桃之夭夭，灼灼其華。之子于歸，宜其室家。」莫不是吳先生下意識裡預先寫給愛女的祝福？吳漪曼的婚姻，或許出乎吳先生意料，也真如歌頌的那樣美好幸福。

一九四九年初的那個除夕，吳漪曼永遠沒有等到父親來團聚，那時她十七歲。而同齡的我，差不多和她同一時間來到台灣，也永遠沒有再見到過父母，甚至不知道他們何時過世。在吳漪曼與父親最後的合照裡，兩人差不多一般高了。而我自己，連一張類似這樣的照片都沒有。在時代的巨變中，我們，還有太多的我們，有著相似的命運，相似的感情，經歷了生命裡的第一個巨大的創傷，失去了依靠，不得不自己摸索前行。她和我都選擇了音樂的道路，同行了數十年。如果吳伯超先生沒有遇難，很可能也會成為我的老師，影響我們那一代的音樂人。而吳漪曼，不僅成為一位好老師，更以一個人的魅力，為台灣挽留住一位世界級的音樂家，偉大的音樂教育家。他們兩人的努力，影響了幾代音樂人。

一九三一年七月吳伯超先生到比利時留學。吳漪曼那時候剛出生一個月。一直到她五歲時才第一次真正見到父親。可以想像，吳先生對這唯一的掌上明珠何等疼愛。抗戰爆發，他們由上海而桂林而重慶。她的童年在遷徙與轟炸的威脅中度過。吳先生一九四三年成為重慶青木關國立音樂院的院長。隔年底就開始積極籌辦幼年班，第一批學生都是孤兒。抗戰勝利，他為國立音樂院遷校南京奔走。吳漪曼記述父親回家鄉接他們母女時，睽違六個月，「猛一看幾乎認不出自己的父親，他辛勞得那麼憔悴焦黑。」甚至吳漪曼讀到武訓乞討興學的事蹟，「聯想到父親的種種，使我感動得大哭了起來。」吳漪曼依偎在父親身邊的日子不多，但他音樂教育家的精神和愛心的感召無疑貫穿了她的一生。一九六八年，她出版《伯超先生逝世二十週年紀念專輯》，一九七九年出版《吳伯超先生曲集》。吳先生有女如此，真可告慰。其中蕭滋老師校訂了手稿，補寫了佚失的管弦樂譜。或許在蕭老師身上，吳漪曼看到了父親身影的疊合。她一邊挽著一位，不遺餘力地宣揚他們的理念，為音樂教育作出了最大的貢獻。真是獨一無二的因緣。

吳漪曼和我同在師大音樂系任教，課務上沒有多少交集。系務會議上她很少發言，但我深深知道她的無私與正直。我對朱苔麗的歌唱藝術非常佩服，這一點在吳漪曼那裡得到的共鳴比從聲樂同行處更多。後來我們兩人聯名推薦苔麗得到國家文藝獎。我的獨唱會吳漪曼都會來聽，聽後打電話來討論，特別是對伴奏部分的意見精闢中肯。而我們每次都不免回憶起和蕭老師的那場音樂會，我們共有的美麗時光。

我對她弱不禁風的身子一向十分擔心，但她還是不停地在作義工奉獻。我跌倒摔斷了肋骨，學校老師第一個來探望的就是她。還來了好幾次，每次特地繞道信義路帶來我愛吃的道口燒雞。而在此之前她從來沒到過我家。這讓我大受感動，也才知道誰是真正的強者。她對弱勢者的同情同理心無處不在。在學校裡似乎從來不聲不響的她，曾經為了挽留一位校工下跪，讓同事們驚詫不已。只有她這樣的熱心腸，才會做出這樣的事。我們有個小輩的朋友生活不能自理，住在深坑的安養院，吳老師常很費周折地去看他，冬天給他送羽絨服。還到我的教室來，告訴我怎麼去。說：「你開車去很容易的。」而一起聽完音樂會我開車送她回家，她堅決不肯讓我開進巷子，唯恐我倒車麻煩。我知道她雖是孑然一人，但有很多學生，很多教友隨時看顧著她，雖然她從來不喜歡麻煩人。

她與蕭老師付出了太多的愛，也贏得了所有人的敬愛。

在與蕭老師從相戀到共同生活的二十三年後，吳漪曼又獨自然而並不孤獨地生活了三十三年。她說她早就想和蕭老師在天國團圓了。但她還要做完她在世間的工作。她做了一切能為蕭滋身後做的事，幫助過很多人，臨終前捐給師大音樂系畢生的積蓄。而她只知道付出，一點不愛惜自己。上課時計程車只能開到師大門口，她走到教室都需要停下來幾次。退休後她的身體更差，說起話來氣若遊絲，仍然不肯停歇。音樂界裡我認識幾位天主教徒，有著聖者般的大愛精神。吳漪曼是其中之一。她從來沒有向我傳過教，而我時時看到她身上的光輝。

蕭老師在天上可等得心急了嗎？從前吳越國王錢鏐思念回家省親的妻子，寫下了最溫柔的「聖旨」：「陌上花開，可緩緩歸矣。」或許這也是蕭老師的心情吧。他早就寫過，漪曼的時間觀念是中國式的。他早就承認，對漪曼抱歉的微笑毫無抗拒之力。如今他們終於在天國攜手漫步，他還會像當年在日本時一樣，搬一塊石頭來給她墊腳，讓她看到圍牆後的滿園繁花。

——二〇二〇年七月十四日。收入《吳漪曼教授紀念文集》二〇二〇年國立臺灣師範大學出版

足跡

懷念席慕德

她歡歡喜喜地，大聲唱著歌，大踏步走過。走出一條自己的路來，留下深深的腳印。

二〇二三年八月

席慕德六月二十日過世，讓我震驚。那樣一個生龍活虎，精神奕奕的人，兩個月不見，忽然就走了。去年十一月，聲樂家協會三十週年「大手牽小手」紀念音樂會，她本來也要帶著學生一起演唱的，後來因為腿腳不便，作了第一排的聽眾。四月又在音樂會見到她，她說後悔十一月沒有上臺，因為看到連我都讓學生攙著，如履薄冰地走上去了。是的，我們都老了。很老了。所以知道彼此的不容易。

席慕德走的第二天，我給陳明律打電話。告訴她這壞消息。陳明律說：「她大一是我的學生呢。」的確，陳明律和我一九五〇年進入臺灣師範大學（那時的師範學院）音樂系，是第三屆。席慕德比我們低八屆。陳明律畢業後就留校任教，當了她的老師。大二後席慕德因為是聲樂主修生，換到江心美老師門下。一九六二年師大畢業後她和當年的陳明律一樣留校任助教，這是優秀學生才有的機會。但不久她就得到德國獎學金，到慕尼黑音樂戲劇學院留學去了。

席慕德是我羨慕和佩服的對象。聞道有先後。我從學聲樂開始就迷醉的德文藝術歌，和那時的台灣距離無限遙遠，是高高宮牆後面隱約泄漏的神祕仙音。除了在磨爛的唱片上一遍遍的聽，想學也求教無門。而在我盲目摸索的同一時間，想想席慕德在慕尼黑，天天浸浴其中，受了四年正規訓練。尤其她就是專注於德文藝術歌，是台灣聲樂界最早的一位。她一九六六年從慕尼黑畢業後第一次回台的獨唱會我沒有聽到，一直抱憾。而我直到一九六七年遷回台北，才開始在德國文化中心學德文，跟蕭滋老師學德文藝術歌，總算初窺了門徑。

一九七三年，我第一次到維也納進修之前，舉行了一場獨唱會，其中一半曲目是蕭滋老師指導的德文歌。那一段時間席慕德在台北任教。我久仰其名卻不認識。誠惶誠恐地讓三妹羅芳向席慕蓉打聽，席慕德聽了我的演唱作何批評。得到間接的回答是唱得不錯，德語發音還要再清楚一些。雖然多半是客氣話，還是給了我鼓舞和提醒。那時，席慕德絕對是國內極少數的德文藝術歌行家。

一九七五年，我舉行了第一場德文歌獨唱會，蕭滋老師伴奏。音樂會後東吳音樂系黃奉儀主任來找我去任教。原來席慕德去美國了。黃主任要我接替她擔任的德文藝術歌課程。就這樣，我成了席慕德的接班人。但我們還沒有真正共事。

一九八五年後席慕德回國，在師大等幾個學校兼任，我們才算有了交集。我喜歡她的大氣爽朗，直來直往，決不扭捏，熱心積極。在癡迷德文藝術歌方面，我們更是有志一同，觀念相通。有一次一起擔任評審後，到我家喝咖啡閒聊。席慕德很羨慕地問，怎麼才能成為專任老師？——那時的師大音樂系進去時門檻高，進去後晉升難，尤其是聲樂組。我成為專任教授時其他幾位聲樂教授還都是我三十年前的老師輩。我算是新血。——我說，應該是系主任聘的。我要是系主任一定聘你。說後覺得，我從來對行政沒興趣，絕不會成為系主任。這豈不是空話？我就又說，我來寫封推薦信吧。當時就拿了紙筆寫了。理由是我們系應該開設德文藝術歌的課程，需要這方面的專家，又列舉了席慕德的成績。寫好當場拉著素來謹慎的劉塞雲也簽了名。第二天送去給系主任陳茂萱（令人難過的是，他也剛過世，比席慕德晚二十幾天）。席慕德就真的被聘為專任了。這是我生平的一件得意事，為母校延得好老師。我們的聲樂課，以開發和訓練聲音為主。即使是主修學生，在有限的時間裡也只能選唱幾首德文歌，不能有系統的學習。席慕德成為專任後才有了專門的德文藝術歌課程。我的聲樂學生，都被我要求去上席老師的課。他們學到很多東西，比當年的我幸運多了。連我自己，也間接從學生那裡私淑了一些她的學問。

席慕德開課，問我可不可以用我的那本書《舒曼藝術歌曲研究》作一部分教材。我說，錯誤疏漏很多，你順便改改吧。她的專著《沃爾夫歌曲集莫里克詩篇之研究》，才是我反覆拜讀查閱的大作。沃爾夫的藝術歌，是我仰之彌高，愛之彌深，卻不敢輕易嘗試的，德文藝術歌最深奧的內核。因為他的歌簡直就是從詩直接發展出來的。要不是深切瞭解歌詞的意涵，連欣賞都不容易。演唱它們更需要對德語韻味的準確把握。我向德文藝術歌作曲大家專場致敬的獨唱會有舒伯特、舒曼、布拉姆斯、馬勒，唯獨沃爾夫不敢拿出來獻醜。席慕德的書，是關於莫里克歌集最深刻豐富的中文著作。

席慕德是稀缺難得的女中音，這種音色在德文藝術歌中有廣闊的揮灑空間。況且她的中、英、德文都好，以一位華人被歌德學院選派到東南亞巡迴演唱，傳播德文藝術歌文化，是不二人選。我雖然沒有聽過她那時的演唱，也可以遙想其丰采。而這個工作，她一輩子沒有放下。以傳教士的熱忱與信仰，堅信她所宣揚的是人人可以享受的福音。她繼劉塞雲之後擔任了八年的聲樂家協會理事長，一心一意要把德文藝術歌推到舞臺中央。舉辦比賽，設立獎金，開講座，寫文章。做了很多工作。她一上任就大張旗鼓，籌備德文藝術歌比賽，決賽在音樂廳公開演出，引起社會的注意，也激勵了年輕歌手。我對她的行動力佩服極了，而自己根本幫不上忙，只能敲敲邊鼓。二〇〇一年十一月在聯副刊出的〈遠方的歌〉，就是應她之命為宣傳比賽而寫的。還得到她不吝讚許。二〇〇〇年在音樂廳有一場「老」聲樂家們的演唱會《絕代風華》，也是她提議爭取來的。她安排節目，要求大家都唱德文藝術歌。我雖然樂意，也覺得不很妥當，建議她應該隨各人興趣選曲。後來果然放寬了這規矩。這是我第一次和席慕德，也是畢業演唱會後第一次和五十年同學的劉塞雲同台。那天唐鎮唱莫札特，劉塞雲唱理查史特勞斯，席慕德唱沃爾夫，我唱舒伯特。雖然不比年輕時，但玩兒得真高興。隔年劉塞雲病逝。如今唐鎮，席慕德也都走了。有些事，一生只有一次。因此珍貴。

席慕德獨身一人，精力旺盛，一心撲在教育學生和推廣音樂上。作她學生是幸福的。我總覺得，姑不論她的藝術造詣與深厚學養，以她的開朗個性，得體舉止，外表就很吸引人。她屢屢表示羨慕我有家庭兒女。而我當年何等羨慕她能自由自在地追求理想。一九九四年她到維也納作訪問學者。我跟她說，多年沒去浪漫的歐洲，你每天下午到街邊的咖啡館坐坐，說不定會遇到知心朋友。她很認真地問我：你覺得有機會嗎？我也認真地回答，一定有機會。這就是我最欣賞的席慕德的大方。我也相信很多人會欣賞。雖然未能如願，她也的確交了些朋友。蒐集了《莫里克詩篇》的資料。收穫滿滿。

這幾天，我在音樂圖書館網上看到她年輕時的照片，「四月十七日將在國際學舍演唱」。那時她應該不到三十歲，腰肢纖細，穿著流行的迷你裙，笑容甜美燦爛。是的，每個人都年輕過，也都必須走完自己的一生，會經歷過許多階段。有得有失。沒有一個人可以實現所有的夢想。席慕德完成了自己的功課。或許她有時是寂寞的。然而誰不寂寞？席慕德沒有時間惆悵。她歡歡喜喜地，大聲唱著歌，大踏步走過。走出一條自己的路來，留下深深的腳印。於是有越來越多的人追隨。歌聲越來越響亮。她一點也不寂寞。

——二〇二三年六月。原載二〇二三年八月二十三日《聯合報》副刊

收入二〇二三年八月聲樂家協會紀念專刊

微笑少年
回憶陳茂萱

我認識的少年陳茂萱，總是咧著嘴笑。如今睡去了，你，可好？

二〇二三年七月

陳茂萱比我低五屆。他進師大的時候，我已經在高雄女師教書了。自然是不認識的。他畢業後進嘉義師專作老師，我們都被學校派去參加教育部舉辦的音樂老師的進修班，才認識了。那時他很年輕，個子比較小，在我看起來就像個青稚少年。他逢人就咧著嘴笑，我們又是同門師姐弟，一下子就覺得很親切。進修班幾天時間裡，課餘時間我們的娛樂就是他伴奏，我唱歌。他雖是學作曲的，鋼琴彈得很好，也對聲樂很有興趣。

陳茂萱的太太段悅治是高雄女師第一屆普師科二班的學生，我是她們的導師。由於我的倡議，高雄女師全校學生都要學彈琴，每天早晚自習前練聲。段悅治畢業後還繼續學琴。她音樂上的修養，應該是出身於音樂世家的陳茂萱看重的。他們中學同校時彼此就認識了。後來段悅治也在嘉義教書。她說陳茂萱剛當導師，自己也不知道怎麼作。開班會就帶點心糖果給學生。大家都喜歡他。他們一九六七年結婚。陳家是北港望族，酒席請了一百桌。我這新娘導師，新郎師姐還不在內。據說陳茂萱穿長袍馬褂，段悅治穿白紗禮服。真可惜我沒參加。

陳茂萱一九九〇至一九九二年在維也納音樂及表演藝術學院進修。我是一九七三至一九七四年去的。後來我常去維也納，他也如此，我們總會在歌劇院、音樂廳遇見，一起排隊買站票。我記得他很高興地說：「今天我們可以買到 Parterre（正廳底樓）的票了。」我說：「今天我要買 Galerie（頂層）的票，音響好。」花最少的錢，聽最好的音樂，還挑精揀肥，猶如土豪。在音樂廳，我們就買樂團背後的站票。那時候都還年輕，憑著對音樂的狂熱，站幾個小時也不覺得累。真累了就坐在地上。休息時就熱烈討論。陳茂萱總是高談闊論，很有自己的見解。一九八〇年段悅治辭職陪兒子在維也納求學。我小兒子的情形相似，不過他是由姐姐照顧。那幾年我寒暑假就往維也納跑，陳茂萱的情形相似。

一九八五年起他任師大音樂系主任。辦公室在我聲樂教室對面。下了課在走廊上遇到，他會對我說：「今天你學生唱的那首歌，戴老師在聲樂課上也教我唱過呢。」我們真的很幸福。畢業幾十年了，在母校母系裡工作，好像什麼都沒有改變，依舊少年。他也會說：「金老師，今天聽見你上課示範了哦。」辦公室對著聲樂教室。別的科系老師恐怕受不了吧？

最後一次見到陳茂萱，是二〇二一年一月十五日師大音樂系的聚餐。我們這一桌大多是七老八十的老老師。我和聲樂組的陳明律、廖葵、席慕德，說得很熱鬧。陳茂萱坐我對面，沒怎麼說話，感覺不像從前那樣活潑。我想，年紀大的人耳朵都不好，離太遠聽不見。席間其他老師們來敬酒，擔當重任的都和我們相差一代以上了。特別高興見到優秀的年輕鋼琴家嚴俊傑，讓我覺得後生可畏可愛，母校母系生機勃勃。散席時，席慕德拿錯了我的手杖，覺得又輕又好，我介紹她買了根一樣的。我從樓梯下來，看見陳茂萱拄著手杖站在門口。歲暮的冷風裡，有一種蕭瑟之感。我心中嘆了一口氣。我們三個都拿手杖了。

陳茂萱校內校外作了很多事情，創作，教學，社會活動，成績斐然。他是第十七屆國家文藝獎的得主，音樂教育學會的創辦人。創建「致凡音樂教育系統」，創立「璿音雅集」。還有好多我不甚了了，只能佩服的事業。人生苦短，但一個人專心致志，竟可以完成這麼多事情。

一九八七年十二月，兩廳院開幕邀請節目，我在演奏廳舉行了兩場中國歌獨唱會。其中選唱了一首陳茂萱的歌〈旅店口占〉，蔣勳的詞。最後一段是：

「這睡去的一夜
風可好　月光可好
那落淚的少年
你可好」

我認識的少年陳茂萱，總是咧著嘴笑。如今睡去了，你，可好？

——二〇二三年七月三十日

這個時代最瘋狂的人

紀念許博允

二〇二三年九月

許博允是我們這個時代最瘋狂的人。還不止這個時代。「我本楚狂人」的李白說：「天生我才必有用，千金散盡還復來。」到底還是信心滿滿，期待回報的。李白的五花馬千金裘換來了美酒。許博允散盡家財，換來的是什麼？美酒為李白帶來靈感，成就了他的藝術。而新象讓我們最有創造力的作曲家為三點半疲於奔命。

許博允是拒絕聯考的小子，沒有受過正規的學院音樂教育。就像李白身世如謎，全憑詩才名動公卿。許博允十六歲隨許常惠學小提琴和理論作曲。兩年後就是《江浪樂集》的成員。而他顯然是其中的「後浪」。許博允的音樂創作出手不凡，目無古人，一開始就站在現代音樂的前沿。我記得聽過一次發表會。他的作品沒有音樂，只有他走上台來講了一番大道理。許博允的音樂更多是建立在觀念上而不僅是音符上的。他是奇想者，在完全不受傳統束縛的天地裡才能任意馳騁。

一九七〇、八〇年代是台灣文學與藝術最生機勃勃的「文藝復興」時期。許博允對藝術那種文藝復興人似的廣泛興趣，讓他的音樂碰撞上了舞蹈，劇場，戲曲，音樂劇，話劇，電影。沒有人比許博允更適合為這些全新的藝術形式作曲，因為很少人像他這樣心中沒有藩籬，狂放不羈。他與他的合作者們，當時台灣最有新意的創作者，如林懷民等人，註定要載入史冊，他們都是大膽邁向未知領域的拓荒者。如果把他們比作魏晉名士，許博允最像妙解音律的第一美男子嵇康。

每個人都在專心致志於自己的方向，許博允卻要作集大成者，作啟蒙者，為整個社會打造載具，通往新的，好的藝術。藝術家去做藝術經紀人的事情，似乎不可思議。許博允成立新象，卻似乎順理成章。他絕不是普通意義的經紀人。他要為這些新異的表演形式舉辦演出，要不然誰來辦呢？他恨不得把世界上的精彩節目都帶到臺灣觀眾的眼前來，說，你看，這才是好東西。

在他之前，引進國際音樂會的是遠東音樂社，創辦人張繼高先生曾以過來人的身分，用「水泥地上撒種子」比喻新象的傻勁。辦音樂會可能無利可圖，但張先生善用音響生意平衡經濟。而許博允的傻勁遠超任何人的想像。沒有人會為了引進節目賠這麼多錢，更沒有人會賠了這麼多錢還樂此不疲。在兩廳院成立之前，新象以一己之力，承擔了國家級的表演藝術引進。在兩廳院成立之後，他補充了一些國家機構做不到的事情。

許博允有無窮的點子，還非要實現那些最瘋狂的。我猜想他做事未必很有章法，但也總能實現，雖然經濟上未必成功。我想，對許博允這就夠了——當然能不賠錢更好。許博允的推動力是他的熱情，他宏大的目標。我看著新象那些年輕生嫩的工作者，崇拜地望著許博允，手忙腳亂，漫無頭緒地處理雜務，總想，追隨過這樣的領導者，是藝術工作者難得的經驗。

別說那些年輕孩子，我自己都偶爾有幸被許博允拉得團團轉。他舉辦多明哥（Plácido Domingo）與卡列拉斯（José Carreras）演唱會，要我寫文章助陣，我無可推託。要我寫大提琴家羅斯托波維契（Mstislav Leopoldovich Rostropovich），則完全違背了我不寫聲樂以外評介的原則。但許博允是不能拒絕的。他一陣風似地過來，熱切地拋下一句話，轉身走了。根本來不及拒絕。唉，這樣一個人，包攬了天下一切本不該他做的事情，讓你分擔一點點，還怎麼拒絕？

「說大人則藐之」，很多人都描述過許博允無論在什麼達官顯貴面前都侃侃而談，旁若無人。我想在他眼中，沒有誰是「大人物」。只有他的大計畫。在大多數人眼中無足輕重的藝文小事，他卻生死以之。他的價值觀天生與別人不一樣。我們也要用不一樣的眼光看他。

許博允千金散盡沒有復來。那他的大量投入，包括可衡量的金錢和不可衡量的，消磨於行政雜事上的一個創作者寶貴的時間與精神，流到哪裡去了呢？毫無疑問的是奉獻給我們的社會了。那麼，這又有什麼貢獻呢？有誰從中得到了益處？

新象不是畫廊，不是古董拍賣場。那些地方交易的是有形的，凝固的藝術品。而新象經營的是表演藝術。流淌在時間上的，發生就消逝的，不可複製的，或沒有兩次相同的藝術。名畫有複製品。表演藝術有錄影錄音。但現場的演出，正因為不可複製，而最珍貴。每一次都是唯一的真跡。面對面的接觸，感知臺上是真實的人，會有瑕疵，可能失敗，而努力呈現完美的人，是表演藝術給我們的獨一無二的美感。

而誰得益了？只要有一個年輕敏感的心靈被觸動了，拍紅了手，流下了淚，或許就誕生了一位藝術家。或即使是一個普通人，也會成為他一生中最美好的，接觸到美的記憶。

表演藝術是虛幻的。但這可能是我們全面進入人工智慧的虛擬世界之前，人類最後的陣地。

這是許博允通過新象傾力留給我們的無形資產。我們不能忘記，這是他犧牲了創作時間而留給我們的。

許博允走了。事了拂身，仰天大笑出門去。廣陵絕響，這個時代驟然冷清了許多。

——二〇二三年九月十八日，手術後病榻上。二〇二四年九月補

惜取少年時

當年，沒有人知道未來的自己。未來的世界。
如今依然。能做的，只有回顧從前。
離得越遠，越清晰。

那些年，我們在師大

年輕的我們，懷揣著夢想，面對不可知的命運，在現實的泥濘中努力前行。

二〇二四年九月

四分之三世紀前的一九五〇年，我以唯一志願考入師大音樂系，四年後畢業，至今整整七十年。大約一九八〇年起我在師大音樂系兼任，一九八五年成為專任教授。一九九六年退休後繼續兼課至二〇〇四年。我當了五十年老師，有一半時間在師大。當年進了師大，就註定成為老師。我是一個師大人，以此為榮。

現在的師大校史是從一九二二年臺北高等學校成立算起的。而我考入的，是一九四六年成立的，大學位階的臺灣省立師範學院。一九五五年升格為大學。我們師範生在校四年後必須實習一年才算畢業，所以我的畢業證書上就是「臺灣省立師範大學」，似乎可自許為「第一屆師大畢業生」。要讓老校友說說古早的師大，像我這樣的白頭宮女不多了。

我不得不以「我們」自稱，因為那些年的「我們」凋零殆盡，只能由少數尚存者代為發聲。我們的師長們的言傳身教，透過我們，在這幾十年間直接間接影響了無數人。我們中的幾乎每一個，或長或短都作過老師，註定了比其他職業給更多人帶來更深遠的影響。

「我們」的很大一部分都已經走完一生的旅程。下面回顧的，不過我記憶所及的一小塊，掛一漏萬。說說我們作學生時的趣事，還有其後幾十年人生的足跡。當年，年輕的我們，懷揣著夢想，面對不可知的命運，在現實的泥濘中努力前行。有些人堅定地朝向目標，或多或少實現了夢想；有些人走上不曾預想的道路，收穫截然不同的成果。總體而言，在當年那艱困的條件下，從小小的校園中，確實湧現了許多人才，交出了良好的成績。想想其實也不奇怪。在好些學科中，我們，就是被傾注了全國最好教育資源的天之驕子。我們都心懷感激，很多人早就心懷大志（我是少數例外），自覺要做出一番事業來。

因為師大貫穿了我的大半生，反而需要努力回想，才不至於混淆前後時間的不同印象。臺北市定古蹟的四棟建築：講堂（禮堂）、行政大樓、文薈廳、普字樓，應該大致還是當年模樣，用途可能不同了。世界上沒有一個別的地方，到今天我還可以一腳踏入，回到七十幾年前的時光。它們見證過我的青春，聽過我的歌聲，映照過我的身影。

禮堂是我從入學考試到畢業音樂會所有公開演出的場所。現在閉上眼，還可以依稀看見臺上的鋼琴，在後台向外窺望的自己。這裡是全校的中心，重要典禮都在這裡舉行。還聽過大師的演講，像錢穆，牟宗三。內容都不記得了，本來就聽不太懂他們的大學問，只記得濃重的鄉音。而音樂活動佔據禮堂的時間獨多。這裡就是我們窄小的音樂系的延伸地盤。記憶裡的禮堂總是黑黝黝的——倒不是像褪了色的照片而黯淡，反證是我想起球場上的光陰就分外明亮。而當年的體育館已經拆除重建。

能坐在禮堂裡聽演講有時是享受。每天朝會升旗聽訓就真是苦事。那時幾所大學中好像這規矩是我們師大獨有。我早上爬不起床，經常缺席。訓導處有一位老師會告訴我已經被點名幾次，再不及時露臉就要記過了。劉真校長口才極好，每天演講不重樣。可惜我多半迷迷糊糊，沒吃早飯，好幾次差點暈倒。同在日光熾烈的操場，我打球就生龍活虎。也常有來賓演講。印象深刻的如關於韓戰的報告。韓戰就在我考上師大的一九五○年六月底爆發。是當時世界上的第一等大事。尤其攸關台灣的命運。那時，勞軍也是我們的重要課外活動。音樂學生更不可缺。

原來的「膳堂」在男生部那邊，女生用餐要帶著碗筷列隊過去，男生倚著宿舍視窗怪聲亂叫，評頭論足，討厭極了。我提議跟男生拆夥，搬回來女生食堂吃飯。因為女生吃的米飯比男生少得多，省下的米錢我們可以加菜。於是我被選上了伙食委員會主任委員。可以算不自知的女權先驅。

二年級時新建了兩層樓的圖書館，讓我感覺「這才像個大學」，精神上有了寄託。我借的多半是小說。有一次上田培林老師的課，偷看小說。旁邊一位年紀大些的旁聽生，批評我人在福中不知福。的確，田老師是教育學的泰斗，師大是全國教育第一學府。這是師大學生的福分。不過我看的也不全是閒書，佛洛伊德的《夢的解析》讓我著迷。比必修的教育心理學有意思多了。

女生宿舍八人一間，四個上下舖。大家都處得很好。一年級下學期我因為頂撞舍監差點被開除，劉真校長網開一面，讓我留校察看。我感念一生。但我因此不能住宿舍（我就是因為宋世謙急病，叫男生進女生宿舍幫忙而違規的），也不能到食堂吃飯了，頓時陷入生存危機。才知道師大於我何等重要。師範生一個月七十元公費，姐姐姐夫補貼我三十元，再作點家教，勉強夠用。怎麼可能在外租房上館子？幸好宋世謙的高中同學盧玉霞收留了我，她家在師大後邊。又虧崔連照老師帶我到教師食堂，和體育系老師們共餐。所以我和體育系有不解之緣。

那時幾乎沒有任何額外花銷。打牙祭就是五塊錢一碗，以「又大又辣」聞名的師大牛肉麵。看不到牛肉，我們學唱的還不能吃辣。除此之外就是電影票錢。終場賴著不走，再看一場。音樂學生的家庭多半富裕。不都像我這麼窮。我看許常惠傳記裡寫他家裡每月給他四百元還不夠花。真是紈絝子弟。我還有姐姐姐夫可以依靠，比那些流亡學生們略強一些。最大方又最窮的白景瑞，只能請我們吃花生米。有一次我和劉塞雲嘔氣，拒絕演戲，他做調人傾囊請我吃冰淇淋，我不能不看他這天大的面子。

音樂系辦公室很小。老師休息的時候都沒地方坐。鄭秀玲老師總坐在門前的樹下織毛線。琴房更小，左右兩側各六間，剛容得下鋼琴一台，師生兩人。其他樂器沒有幾樣。曲譜稀缺，多是老師自備，我們手抄。只有一台手搖的留聲機，我們總借出來到操場上，在夜空下傾聽。幾十張黑膠唱片，全部放完不過五小時的音樂。早就聽得滾瓜爛熟。戴粹倫主任每年的指揮課都是放那張德弗札克的新世界交響樂。我們後來就去朝風咖啡聽音樂。

戴主任是留學維也納的小提琴家，曾任上海音專校長，很有歐洲紳士的風度，高不可攀，沒跟我單獨說過幾次話。最有興趣的是聽他回憶維也納的音樂生活。跟我們說，一輩子總要在維也納歌劇院聽上一場。那時候不能想像幾十年後我成為那裡的常客。不過戴老師跟我們講述的時候，維也納歌劇院已毀於戰火，一九五四年才重建完成。

音樂系雖小，卻是名師薈萃。那時台灣最好的音樂師資，應該就在師大。無論是大陸遷台的菁英，或日治教育下台灣音樂世家的人才，濟濟一堂，為我們灌注心血。

我原是鄭秀玲老師的學生，二年級時鄭老師去義大利深造——我畢業十四年後，又重到鄭老師家中跟她練唱——林秋錦老師來到師大，收了我在門下。林老師是全台第一花腔女高音，大家都對她非常尊敬。她九十歲時來國家戲劇院聽我的中國歌獨唱會，拉著我的手感嘆：「你還能唱。」那時我六十七歲。可惜那天沒有留下照片。聲樂的還有戴序倫（我們稱小戴老師，我在師人教書時還與他共事）、江心美、張震南、曲直老師。孫德芳老師帶合唱，她課間常和系主任挽著手踱步。理論作曲方面有蕭而化、張錦鴻老師，他是繼戴老師之後的系主任。鋼琴是必修的，我跟過周遜寬、林橋老師。高慈美老師是台灣第一位女鋼琴教授，上過日本「主婦之友」雜誌封面的美女。她和張彩湘老師同出日本鋼琴名師笈田光吉門下。我們這些林秋錦老師的聲樂學生的伴奏必須是張彩湘老師的鋼琴學生，他們兩位彼此敬重。鋼琴老師周崇淑教授是留德博士，二〇二一年一百零八歲過世。她的先生是我國體育教育奠基人江良規博士，師大的體育系主任。他和張繼高先生一同創辦了台灣第一家音樂經紀公司「遠東音樂社」。引進國際音樂表演節目，替台灣打開了眼睛。

我入學音樂系時是第三屆。比我高兩屆的有史惟亮、吳漪曼、孫少茹、李淑德、田禎、余水姬等人。史惟亮比我長五歲，以流亡學生插班入大二。畢業後留德回來和許常惠發起民歌採集運動，是「音樂的苦行僧」，台灣民族音樂的主要推動者。在板橋成立了音樂圖書館。五十歲就去世了。他內向寡言，倒是和我說過很多受日本人欺凌，一路流亡的苦難經歷。吳漪曼一九四九年插班到大二，一年就出國了，所以我和她的交情，要到多年後我跟蕭滋老師學德文藝術歌，她已經是蕭滋夫人時才建立的。孫少茹的父親是抗日名將孫連仲將軍，母親是前清端王戴漪的孫女。她一九六三至六五年連續獲 Vercelli、Toulouse、Giordano、Busseto 聲樂比賽金獎，是華人第一位戲劇女高音。不幸在四十八歲去世。她是籃球迷，上什麼課都抱著球進教室。畢業音樂會時好多同學才驚訝地發覺她唱得這麼好，本來以為她是體育系的。李淑德從美術系轉來，後來是台灣的小提琴教母。林昭亮、胡乃元、辛明峰等都出於她門下。

比我高一屆的，據許常惠回憶，入學二十四人，畢業時十八人。有許常惠、盧炎、詹東興、翟天琪、董蘭芬、吳清煌、莊瑞玉、林美蕉、陳敏和、許瓊枝、江秀珠——她結婚早，婚禮上我們都去唱詩——等人。董蘭芬一年級後結婚生子休學，後來比我低一班畢業。她美麗高貴，聲音溫潤，連孫少茹都羨慕。畢業後到茱莉亞音樂院深造，主持過《你喜愛的歌》，台灣第一個古典音樂電視節目。我們一直很親近。許常惠總說當年在校不敢跟我說話，大概因為他那時國語不好。師範生都是要作老師的，對國語要求很高。盧炎是我們那一輩裡最純粹，有獨創性的現代作曲家。到老了一樣天真，還會從後面蒙我的眼問：「你猜我是誰？」

我那一屆一同入學的十幾人（見照片）。導師是李九仙老師，教理論課，溫和可親。我和劉塞雲、陳明律後來在母校母系共事多年。到現在還有聯絡的是陳明律、宋世謙、趙雪陵、吳文貴幾位。宋世謙、蘇雪薇都曾被我拉到高雄女師作同事（後來還有低我十屆的蕭泰然）。陳明律畢業就留校任教一直到退休，是最徹底的師大人，她高中就隨林秋錦老師學唱，得花腔真傳。劉塞雲和我在一九四九年高二時就不約而同嘗試以同等學力報考師大音樂系。但連規矩都沒弄清楚，一同鎩羽。她後來是著名聲樂家，在推動中國歌演唱上貢獻卓著。我們並稱音樂系的兩朵雲。沾她的光，常有人把我們兩人弄混。宋世謙和我最要好，她聰明又用功，門門功課都好，全班第一名畢業，後來在美國Shenandoah大學開創了音樂治療系。下午上課都是她來拉我起床，但視唱聽寫這類枯燥的課我就繼續睡懶覺。李義珍是我們那班聲音最好的，最熱心，也是籃球隊友。賴素芬是難得的女中音，音色醇厚。許斌碩對我很照顧，他的理論很好，幫我不少忙。楊麗珠本來副修聲樂，被林老師調教得突飛猛進，轉成主修了。柯秀珍鋼琴彈得最好，常給許常惠伴奏。吳文貴一年級後被迫休學，耽誤了兩年。因而與高慧心同班，成就了好姻緣。他後來成為大企業家。他們班的吳含娜是我畢業音樂會的伴奏。

比我低班而熟悉的有劉德義，在校時就是國語推行委員，口才便給。許常惠遇到他就舌頭打結，直到兩人同在師大任教時還是如此。廖葵和他是同班同學，與他一起留德。兩人創辦中央合唱團。廖葵也在師大任教，與我共事多年。劉德義六十二歲就走了。張真光與他們同班，後來作了台灣浸信會神學院十六年的院長，和我新竹女中最優秀的同學蘇誌夷是恩愛夫妻。

一年級入學，李行（李子達）歡迎我們新生，表演單口相聲「影迷離婚記」，用電影名字串起整個故事。我這個大影迷聽得絕倒，至今難忘。我被派編壁報，說是新生義務。很厭煩卻推不掉，理由是說我字寫得好。體育系朱裕厚老師把我選進籃球校隊，要我打中鋒，挑大樑。令我沾沾自喜。體育系史蕙蘭、李大文都是我新竹女中最要好的同學，她們就是我的啦啦隊，別人都以為我是體育系的。二年級後林秋錦老師禁止我打籃球。還好我齊魯中學的體育老師崔連照到師大任教，對我百般呵護。帶我打網球，讓我繼續發揮野性，冒充體育生。比我低三屆音樂系的香港僑生郭幼麗，是良友籃球隊的國手。

跟我非常要好，也是崔老師的保護對象。她上臺彈鋼琴，是跨跳過凳子坐下去的。那帥勁風靡很多女生。

我又與教育系的李行、顏秉嶼，美術系的白景瑞、歷史系的劉芳剛等人演話劇，還有國文系的馬森。李行是台灣健康寫實路線的開創者，金馬獎終身成就獎得主，台灣的「電影教父」。白景瑞真的實現夢想，到義大利學電影，回來連得了好幾個最佳導演獎。他當年規劃我作女主角的夢想則沒有實現。二年級起林秋錦老師為保護我的嗓子，也不讓我演話劇了。劉芳剛在香港無線藝員訓練班主任，梁朝偉、劉嘉玲、周星馳、王家衛、都是他的學生。馬森英俊瀟灑，有些落落寡合。他在濟南讀高中，和我有共同回憶。他畢業後又讀了師大國文研究所碩士，最終還是在皓首窮經與戲劇夢想之間選擇了後者，到巴黎後在巴黎電影研究院研究電影與戲劇，是（劇）作家和戲劇學者。畢業四十年紀念會，我還和顏秉嶼上臺說相聲。

音樂系與美術系是比較接近的。我二年級時來了一位在濟南齊魯中學的男同學趙澤修。這是我有聯絡的最老的同學。美術系學生多半不修邊幅，趙澤修卻西裝革履，遠看還以為是教授，也是獨樹一幟。多年後他成了「台灣卡通之父」，夏威夷大學教授。因為他我和劉國松、孫家勤都很熟。劉國松的父親在抗日戰爭中殉國。隨母親一路流亡。

後隻身跟著遺族學校到台灣。孫家勤則是孫傳芳幼子，幼年就隨母親學畫。後來我先生的三妹羅芳考進師大美術系，比我低七屆。我又結交了一幫畫家朋友，如她同班的三妹夫沈以正、龍思良。美術系的老師如黃君璧、溥心畬等都是一代大師。但劉國松在校主要致力油畫，畢業後在廖繼春老師的鼓勵下創辦了五月畫會。然而後來他又開創了「現代水墨畫」。孫家勤則到了巴西，成為張大千的關門弟子。一九九六年，趙澤修、劉國松、孫家勤一起到東海大學聽我《舒曼的歌》獨唱會。我一低頭見三人坐在第一排正中央。中場請他們坐到後頭去。被三雙大畫家的眼睛一直盯著看，壓力太大了，蒙娜麗莎也笑不出來。和他們熟，還因為我們都是山東人。而山東人經常聚在文薈廳包餃子。東北同學也自稱祖上山東。其他同學只要虛心求教如何包餃子，也有得吃。有餃無類。

師大的名師還有外文系主任梁實秋。沒上過他的課，只看他的散文和翻譯。國文系是大系，女生多。我們音樂系的女籃隊一路過關斬將，決賽時輸給了她們，淚灑球場。國文系蘇雪林老師，她的《綠天》當年女大學生沒有不讀的。後來才知道她和我未來的公公羅敦偉是宿敵。公公那麼溫和，真不可思議。我猜想當年筆仗多半是易君左伯伯惹起的。公公和他是死黨，一起背鍋。國文系主任潘重規，大學者，我對他紅學索隱派的故事不感興趣。繆天華老師教我們國文——他誇讚過我的作文——楚辭專家，校訂過多部古典小說，也是散文名家，還寫過《中國古代音樂散論》。他的哥哥繆天瑞是音樂學者，曾任台灣交響樂團副團長，中央音樂學院副院長。我們音樂系的國文老師音樂修養都這麼高。

這就是我回味無窮的，最寶貴的大學時光。一九四八年，在天翻地覆的巨變中，十七歲的我有家難歸，不情不願地孤身從上海來到台灣投奔姐姐姐夫。生活艱難，前途茫茫。進入師大，於我是巨輪沈沒的落水者終於踏上安全的土地。師大給了我庇護，還給了我未來。我永遠不會忘記，我是在國家那麼困難的情況下，領著公費，也領受著最好教育的師範生。那時的師大，肩負著延續教育命脈的責任。這責任，即使當年的我如何淘氣，也一直記在心底。

而我的大多數同學，比我更自覺。他們努力成就自己。很多已經完成了一生的功課。我面對的是一個巨大的紀念碑，每一個鐫刻其上的名字，都是我記憶中當年鮮活的人物，然後在我們各奔前程的數十年間，寫出了精彩的故事。還有更多遺漏的，我不知道的，從師大走出來的師長同學，構成了無形的巨大網絡，滴灌著遼闊的土地。而師大，是我們的源頭。

——二〇二四年六月。九月二十八日定稿。《國立臺灣師範大學百週年紀念文集》

右上：前坐：趙雪陵；後排左起：金慶雲，宋世謙，林建安。在音樂系門前，門上有里拉琴圖案。民國一九五一年。

左上：林秋錦老師，金慶雲。畢業音樂會。一九五四年。

下：前排左起：林建安，宋世謙，李九仙導師，黃德業，趙雪陵，蘇雪薇；後排左起：徐斌碩，李素英，楊麗珠，陳明律，金慶雲，劉塞雲，李義珍，黃明月，柯秀珍。一九五二年二年級音樂系同班同學。

附錄

高處不勝寒

古魯貝洛娃[8]

原載《音樂與音響》，一九八一年八月。收入一九九五年《弦外之弦》文集

只有一枝笛進來，懦怯地嘗試去扶住那聲音，花瓣一樣的聲音。猶鮮嫩水澤的，卻已經從枝頭斷開。

這兩年，維也納歌劇院最高最亮的聲音當然是古魯貝洛娃（Edita Gruberová）。數年前她才初露頭角，如今只要她的詠歎調一完，鼓掌的時間總和她唱的一樣長。其實古魯貝洛娃已不止屬於維也納。每一個重要的舞臺都在把她列入節目計劃。七八年她在漢堡演出《阿麗雅德娜》（*Ariadne auf Naxos*），樂評人驚為天人，「從來沒聽過這樣的花腔，每一個音，每一段樂句都絕對的精準確實，沒一點炫耀花巧。」八〇年她到柏林，主演

8 注：原譯「葛貝洛娃」。

多尼采悌的《露琪亞》（*Lucia di Lammermoor*）。柏林歌劇院自戰後便沒排演過這戲。唯一一次是米蘭史卡拉於一九五五年客席演出。主角是卡拉絲。

二十五年來柏林聽眾無緣一識露琪亞。無非因為一個稱職的女高音太難找。要有戲劇性的力量又要有完美的花腔技巧，舉世之間也數不出幾人。而古魯貝洛娃的露琪亞終於補償了這四分之一世紀的等待。樂評簡直是激動的：「勝利是一個太弱的字眼，這是星的時辰：音準完美，直上上加三線的八度。劇力一步步上昇。她的唱作都是獨一無二的。她統一了戲劇性的力量和豐富的色彩。尤其那些不可置信的變化：震音（trillo）、滑音（portamento）、滑唱法（glissando）和斷唱（staccato）交替出現。幾乎叫人耳不暇給。在記憶裡，即使卡拉絲也有不及。」雖然卡拉絲去世了也好幾年。這樣的樂評還是叫人吃驚的。古魯貝洛娃真有這樣好嗎？

印象中的她和上面說的是有點不同。我一九七八年到維也納，正值她開始竄紅。初到向人打聽歌劇節目，朋友就推薦多尼采悌的《唐巴斯瓜雷》（*Don Pasquale*）一定得看。可是這竟成了第一部我看不上的歌劇。故事惡俗，唱得也一無是處。後來才知道要聽就得聽古魯貝洛娃唱。只怪那時這陌生的名字我記不住。其實那聲音我早認得了。一九七三年我偶然在收音機裡聽到她唱，覺得好極了，就隨手錄下。卻打聽不出是誰。

那時她還是無名小卒。識英雄於未遇，真叫人沾沾自喜。

隔了好久我才敢再去見識《唐巴斯瓜雷》。這戲裡她演的是個被逼嫁給吝嗇財主的貧家女。婚後揮金如土，百般促狹，終於叫那老頭自動放棄了她。她年輕，短而圓的臉，短而圓的身材，那種小家碧玉的俗艷，是演輕歌劇最合適的典型。但她又不頂伶俐，故作滑稽裡帶一點笨拙。像遊藝會上的小女孩，一本正經唸台詞，拿腔作勢都是老師教的，自己一點不覺得好笑，因為背得太熟了。但她的聲音彌補了一切。又乾淨又新鮮，玻璃似的透明光滑——只是不容易寫上字去。初聽她的高音，真叫學唱的人嚇失了顏色。她在榻上攬鏡梳頭，把梳子一拋，聲音陡然滑上上加二線。簡直像魔術師伸手向空氣裡一招就來了，不需要絲毫努力。

一到了這高度，她整個人就亮起來了，那聲音像擺脫了重力，玲瓏百轉，簡直不會落下來。聽的人像被牽著到未知的國度裡走了一遭。睜開眼來，酒猶未清，底下的盛筵也變得無味了。只希望瑣碎的宣敘調快快過去。只希望她的花腔一直唱下去總不要完。她簡直是樂劇理想的敗壞者啊。胸懷大志的批評家在那一連串高音之後也失魂落魄地拍紅了手掌。忘了華格納巨大的身影，剩下她的聲音在無塵的天幕上盤旋。

那時她已經很有名了，愛聽歌劇的沒有不知道她，不談她的。維也納人對歌劇明星如數家珍，其實沒幾個是自家的。古魯貝洛娃是斯洛伐克[9]人，到底在維也納成名，隸屬維也納歌劇院。維也納人在這點上一點不小氣。從貝多芬起，他們從不猶豫把好音樂家攬進懷裡，當作自己人。

古魯貝洛娃二十一歲在Bratislava音樂院畢業，又在那裡唱了兩三年。一九七〇年和維也納歌劇院訂約，那時二十四歲。因為又銳又高的聲音，永遠只能演些丫環角色。她開始下工夫研究史特勞斯的《阿麗雅德娜》。她自己說：「第一次看到譜子真嚇呆了。我的天！這麼難！簡直不可能。我天天唱，直唱了兩年，連夢裡都在哼。」她覺得不真正演一次人都要炸了。可是就是沒機會。照歌劇院的規矩，要先在外城演過才能到維也納上演。但連維也納都排不出來的歌劇，外城更不可能上演。直到換了歌劇院主任，請貝姆（Karl Böhm）來安排推出一些新的歌劇節目。她的機會終於來了。貝姆一聽之下便說：「好孩子，咱們一起來作這件事。」幾場下來觀眾為之瘋狂。最好苛評的塞本（維也納前鋒報的女樂評人）都給她毫無保留的讚美。於是歌劇院趕忙把花腔女高音的重頭戲紛紛挖出來：《唐巴斯瓜雷》、《露琪亞》連續上演。所謂歌劇新氣象，幾乎就看她一

9 注：原文寫作時為捷克斯洛伐克。一九九二年解體為捷克與斯洛伐克。

個人了。

到她唱露琪亞時，已經從第一場就開始爆滿。這歌劇中最美也最難的一段，是最後露琪亞在洞房之夜，殺了她不愛的丈夫，自己陷入瘋狂那一幕。歌劇裡發瘋的場景恐怕沒人比多尼采悌寫得更好了。他自己就是精神錯亂死的。他的傳記上記載：「死前幾分鐘，街上有人在窗前奏起《露琪亞》中的六重唱。病人眼中忽然閃過一刻清明，臉上浮出淺淺的微笑。他的頭倒回枕上，停止了呼吸。」他在寫露琪亞的時候，或許就真正意識到什麼是瘋狂吧。

但多尼采悌真意識到這樣的聲音嗎？露琪亞站在臺前，雪白的睡袍，頭髮披散，無辜可憐。她曉得自己作了什麼嗎？睡袍上是怵目的血跡。她暈眩著飄起來了。那白衣像是要化去的雪。猶豫著，猶豫著，一閉眼就要倒下。那聲音不像是從她發出來的。

她不知道自己在唱，只是喃喃唸著囈語，唸著她想望的愛情、自由與和平。現實是如此慘厲可怖，她不要回來。只想攀附著那煙雲一般浮著，虛妄的，再也達不到的憧憬。

煙雲般浮著的是她的聲音，在沒有人跡的高處。就要散去了散去了，她再也抓不住。舞臺上人群靜止。眾樂無聲。誰也不敢驚擾。只有一枝笛進來，懦怯地嘗試去扶住那聲音，花瓣一樣的聲音。猶鮮嫩水澤的，卻已經從枝頭斷開，就要落下。不甘而無奈，在樹梢與地面間作最後的徘徊。沈下去又起來，沈下去沈下去又颺起來。笛聲比著人聲，一個音階一個音階吹著。一樣的長短一樣的強弱一樣的音色，像張愛玲的詩：「落葉和它的愛」。在某一剎那兩者完全融在一起，那花瓣在某一角度的光線中突然完全透明了，映現出細緻的脈絡。

這最後的光輝也弱了，終究要淹沒在泥濘的現實裡。音樂終究要完的。古魯貝洛娃好像沒換過氣。觀眾也像沒換過氣。隔了好久才驟然爆開來，拼命鼓掌跺腳，噙著淚，力竭聲嘶的叫好。她站在那裡，兩手交附在胸前像一朵睡蓮。露琪亞久久才從虛脫中醒回來。等著她的不是毀滅，而是毀滅性的歡呼。戲劇與真實，在藝術家完全投入的時候，究竟有多少區別？

從沒聽過這樣好的露琪亞，大家都說。其實根本很少有人唱露琪亞。澳洲的蘇沙蘭（Joan Sutherland）以此成名。再就是無所不能的卡拉絲。我等不及地找卡拉絲的唱片來聽。太不同了。古魯貝洛娃怎麼跟卡拉絲比！卡拉絲怎麼跟古魯貝洛娃比？——聽見卡拉絲的聲音就見到那個人。熱於火冷如冰的，雙目如電，稜角分明。她的音樂幅度太大，層次太多，太強烈太精細。把一切都推到極端。那是一張漲滿的大帆，在海雨天風中銳進。但叫人感覺到那帆底下賁起的肌肉。她總在抗爭。雖然她永遠是征服者，永遠站在眾樂的巔峰上，光束的焦點裡。

誰能跟卡拉絲比力量？尤其古魯貝洛娃不行。她最大的好處恐怕就是不用力。卡拉絲的聲音是射出來的。是劍，是噴泉。古魯貝洛娃的聲音卻浮在頭頂。盤在那裡的一條蛇。伸展、蜷曲、搖擺、凝定，都像是本能。和卡拉絲比起來，她的音樂沒有明顯的線條，沒有足夠的色彩，沒有確定的目標，沒有那個「人」。她的聲音簡直像樂器。卡拉絲絕不能像她那樣「無意識」。即使能，她也不會這樣唱。這是卡拉絲之所以為卡拉絲，古魯貝洛娃之所以為古魯貝洛娃。藝術之所以為無窮。

古魯貝洛娃頓然成為維也納最重要的歌劇明星。她唱羅西尼的《塞爾維亞的理髮師》裡的羅西娜，和普萊（Hermann Prey）同台。這是她當行本色。然而乏味。聽眾也下意識的只等她的高音。莫札特《魔笛》裡的夜之后，最需要花腔技巧，該是她的角色。她當然有莫札特歌手的純淨，花腔技巧也極端精確。可是她唱來卻沒那種威儀。她甚至舉行了一場藝術歌獨唱會。技巧無懈可擊，詮釋一絲不苟。顯然下了大工夫。但就叫人覺得空。她的好聲音擋在前面，沒法讓人看進歌裡。一九七九年九月歌劇季開始第一晚，歌劇院邀請了全世界頂尖的大歌唱家會串。多明哥（Plácido Domingo），妮爾遜（Birgit Nilsson），卡芭葉（Montserrat Caballé），芭爾莎（Agnes Baltsa）等等。群星熠熠。其中出道最晚的就是古魯貝洛娃，最沒有大家風範的也是她。穿著硬綮綮翠綠的晚禮服，開著高叉。倒像參加晚宴。但等她一開口就無可挑剔了。《露琪亞》加《阿麗雅德娜》兩個大詠歎調下來，沒一點破綻勉強。沒有一個音準可懷疑。她簡直不會出錯。只要一張口就到了那裡——天曉得這兩段有多難——這一晚的群星大會電視轉播到全世界。這一顆新星，已經讓全球矚目了。

但究竟什麼是她的角色呢？恐怕她自己也惶惑。我最後聽到她唱的是《茶花女》。這樣全場沒有破綻的歌手真是少之又少。但她唱這角色真是百般不宜。她那聲音是透明的。少了七情六慾。或許最適當的是唱《霍夫曼故事》裡那個泥塑木雕的奧林匹亞吧。她的聲音正像人造的樂器。無論如何唱患肺病的茶花女她是太健康了。誰都知道這是塊寶玉。誰也不知道該拿它來雕成什麼。她站在那兒，四面的掌聲，卻惶然不知往哪兒走。

她能躋身大師之列嗎？有人說她根本就是。有人說她永遠不能。到底她還年輕。隨著年月，那聲音也該會有滄桑有風韻。少一點「完美」，卻多一點別的。像戴久了的玉鐲，有人的溫暖潤澤。但那時她還是古魯貝洛娃嗎？或者隨年月而來的只是皺紋，老了天使的雙翼？如加強向下發展，恐怕難以保持上面的聲音；如果嘗試別的角色，或許便不能這樣乾淨。像那個樂評人說的露琪亞，和我聽的就不同了。是增添了還是減少了，卻很難說。或許她該早生一個世紀。從華格納以來，誰還敢說只要好聽的聲音！為什麼歌劇必須要偉大、沈重、深刻、艱澀？作曲家為一個理念一個故事寫歌劇，卻再也不會為發展一個美麗的聲音而寫。是作曲家為這樣的聲音作得太少，還是這樣的聲音能作的太少？然而為什麼一定要作什麼呢？像有一天在幽暗的林間，一隻濟慈的夜鶯激動地唱起來了。我們無法抗拒地呆立在那裡聽著。那裡面沒有意義沒有情操沒有掙扎，什麼都沒有，只有絕對的美——或者，我們不再敢說，什麼是絕對的美？

——原載《音樂與音響》月刊一九八一年八月。收入一九九五年《弦外之弦》文集

國家圖書館出版品預行編目資料

亦能低詠 / 金慶雲作 . -- 初版 . -- 臺北市 :
聯合文學出版社股份有限公司 , 2024.10
216 面 ；14.8×21 公分 . --（聯合文叢；757）

ISBN 978-986-323-637-5（平裝）

863.55　　113014855

聯合文叢 **757**

亦能低詠

作　　者／金慶雲
發 行 人／張寶琴

總 編 輯／周昭翡
主　　編／蕭仁豪
資深編輯／林劭璜
編　　輯／劉倍佐
資深美編／戴榮芝
業務部總經理／李文吉
發行助理／詹益炫
財 務 部／趙玉瑩　韋秀英
人事行政組／李懷瑩
版權管理／蕭仁豪
法律顧問／理律法律事務所
　　　　　陳長文律師、蔣大中律師

出 版 者／聯合文學出版社股份有限公司
地　　址／(110)臺北市基隆路一段 178 號 10 樓
電　　話／(02)27666759 轉 5107
傳　　真／(02)27567914
郵撥帳號／ 17623526 聯合文學出版社股份有限公司
登 記 證／行政院新聞局局版臺業字第 6109 號
網　　址／http://unitas.udngroup.com.tw
　　　　　E-mail:unitas@udngroup.com.tw

印 刷 廠／約書亞創藝有限公司
總 經 銷／聯合發行股份有限公司
地　　址／(231)新北市新店區寶橋路235巷6弄6號2樓
電　　話／(02)29178022

出版日期／ 2024年10月　初版
定　　價／ 380 元

ISBN 978-986-323-637-5（平裝）